大是文化

別急。等一切風平浪靜

這是我此時
對你最好的祝福。

劉同——著

目錄

第三章 颶風過境 147

第六章 月明星稀

推薦語

有時候我們因為迷惘而焦慮；也有時候，我們理解迷惘只不過是人生的常態。於是我們不再著急於解決超出能力範圍、無解的難題，而是學著好好過日子，體會自己每一個當下的狀態。其實所有百思不得其解的答案，會在生活中慢慢浮現。

——華文暢銷作家／**黃山料**

寫作是作者拯救自己的方法，閱讀是讀者療癒自己的手段。閱讀劉同生命的喜怒哀樂，我們彷彿也為自己拾起斷裂的曾經，一段一段，一篇一篇，在字裡行間細細呵護，平撫波紋，覓得自我的風平浪靜。

——諮商心理師、文筆家／**李家雯**（海蒂）

有機會回首過往並分享的人，是幸運的。寫作讓我們不斷回首生命的泥淖，沾沉默的痛，轉化為作品。生命的原鄉，是由原生家庭與成長之地所組成；生命的糾結，常來自父母之間的應對關係。劉同寫出了文科生之「困」，困於家庭期待的落空，困於傳統社會價值的失落，甚至困於自我懷疑與不自信。劉同說：「寫作成了我的避風港。」他真誠溫柔的作品，也成為在風雨中前行的人們，最寬容的心靈津口。

——《我人生的好運都因寫作而發生》作者／郭緫綺

致讀者：

沒想到，每本書和讀者約定的那封信，用這樣的方式來呈現了。

這意味著，這些年，我們都有很大的改變。

相信疊樓房這個遊戲大家都玩過吧，平地起高樓，要看準時機把每個房子放在最正確的位置層層疊加，萬一某個房子放的位置錯位太多，整棟樓也就開始劇烈搖晃。你只能盡量去減少自己的誤差，讓整棟樓的搖晃幅度變得更小。

我很喜歡玩這個遊戲。這個遊戲最大的特點是，心浮氣躁的時候，樓房很容易倒塌。心平氣和的時候，我能將樓房疊到大氣層。

為什麼這封信的開頭要聊這個遊戲？是因為我覺得自己從進入大學到三十八歲，這整整二十年，我都在盡全力疊自己的樓房。盡量每一步都正確，就算沒有那麼正確，也會快速吸取經驗保證之後不再犯同樣的錯誤，減少自己人生搖擺的誤差。

我的運氣不錯，認準了某個目標就一直走了下去。這一路遇見了太多事情，也都把它們一一變成文字，寫成故事。人生的齒輪有很多，密密麻麻的，我算是能把自己照料得很好的人。

只是到了三十八歲那年，我對人生的理解似乎產生了一些偏差，鑽進了牛角尖，導致整棟樓開始大幅度搖移。狂風大作，心神不定，害怕別人看到自己狼狽的樣子，同時四處尋找讓自己變得安靜的療癒之道。

後來，當我看了海員幫海龜清理藤壺的紀錄片後，突然意識到——並不是我哪裡做錯了，而是我這些年想的東西太多了。陳年往事不停的堆積，他人的眼光不停的發酵，這些讓我變的步履沉重。我需要做的並不是換個人生方向，而是幫自己撬下那些附著在身上的慣性惡習，讓自己恢復到初入社會最輕鬆的模樣。

面對讀者，我總是覺得自己是在前面領頭的那個，所以我將自己經歷過的喜悅和失敗都寫下來，這些都算是某種希望，無論是成功還是破局的希望。等一切風平浪靜，就是我對大家最好的祝福。

這本書是最劉同的一本書，畢竟我們還有什麼可相互隱瞞的呢。

希望你閱讀愉快，謝謝你能一直都在。

劉同

二〇二四年三月十九日

十二點二十七分

前言

清理自身的藤壺

風平浪靜的海上，海員撈上來一隻海龜。海龜的背上布滿了一種寄生動物——藤壺。這種寄生甲殼類動物一旦依附在宿主身上，便會迅速繁殖，一平方公尺可以有一千個以上的藤壺。

很多船隻的船底一旦被藤壺侵占，油耗會增加百分之四十左右，前行速度也大幅下降。

被藤壺寄生的海龜，行動日漸緩慢，難以追捕食物，難與同類競爭，會在游往大海深處的過程中慢慢死亡。

海員幫海龜把寄生的藤壺一個一個撬開，再將清理乾淨的海龜放回海裡，讓牠重獲新生。

我很喜歡看這樣的紀錄片。

我突然很能理解為什麼大家喜歡看療癒類的影片了，那種感覺就好像是自己在汙濁中，偷喘了一口清新空氣。

某天，我突然問了自己一個問題——海龜被藤壺寄生了，能遇見海員幫忙清理，如果我被藤壺寄生了，誰能幫我清理呢？

我下意識的看了一眼自己的身體，但就如同海龜一樣，自己怎麼可能看得到呢？

於是我很認真的開始思考，在我看不見的地方，是不是也布滿了藤壺？那些藤壺又有多少？是怎樣的類型？如果真的有，那牠們是從何時開始寄居在我身體裡的呢？

想起二十出頭時，一頭扎進社會，埋頭就衝，不管不顧，跑起來都帶著風。可為何這些年，自己開始步履緩慢了呢？是膽小了，還是穩重了？

明明什麼事都還沒做，光是在心裡默念了一遍流程，就好像已經消耗了大半的精力。

有人說隨著年紀的增大，身體不行了，心累是正常的。可那麼多七、八十歲的老年人思維敏捷，談笑風生，除了身分證上的年紀變了，其他地方都與年輕時沒有兩樣。

恐怕年紀並不是讓我們變得沉重的原因，心境才是。

心境究竟是什麼？

若打開心房，有些人的心上乾乾淨淨，毫無罣礙。但有些人的心上滿布藤壺，有些上面寫著「工作不夠體面」，有些寫著「別人過得都比我幸福」，有些寫著「原生家庭令人痛苦」，有些寫著「愛情只能門當戶對」，有些寫著「過於在意他人的看法」……。這些藤壺個頭不一，數量不同，積壓在不同人的心上，成了每日的負擔。

小時候，一口氣可以從起跑線衝到終點，而現在沒跑幾步就氣喘吁吁。一邊與浪搏鬥，一邊奮力將頭伸出水面迅速換一口氣，忍不住想，乾脆直接沉入海底。

情緒低落，精神委靡，佯裝的精神在跨出家門的那一刻已洩氣。

越對抗，越疲乏。越盡力，越虛無。

我心裡裝了太多的東西，堆積如山，早已分不清哪些是年歲給我帶來的珍寶，哪些又是環境給我製造的垃圾。

當我短暫歇息，決定鼓起勇氣再出去淋一場大雨時，突然有隻手拍了拍我的肩膀，對我說：「別著急，不如等一切風平浪靜。」

我猛然回過頭，看見自己，他正笑咪咪。

太過於在意外界，被外界時刻撥弄情緒的日子裡，我已經很久沒有關注過自己了。

他接著說：「趁著大風大雨，坐下來清理掉身上寄生的那些藤壺吧，等一切風平浪靜，再出發也來得及。」

於是我寫下了這些文字，給同一屋簷下的你。

我們就如同背上布滿了藤壺的海龜，需要一點點時間去做清理。

最後一頁，我和讀者們做了一個約定，希望你一頁一頁翻閱過去，自然會理解這份約定的意義。

本是悠悠心靜者，卻因紛擾失寧神。
清風悄悄慰行人，歲月從不負虔心。
山川遠處傳清音，雨打梧桐聲獨吟。
心靜如湖澄清水，迷茫時需心自安。
等一切風平浪靜，靜坐山間聽松風。
心安處，一切皆安。

第一章

疾風驟雨

我常被驟雨打溼，為晾乾衣物苦惱。
後來才意識到——在成年人的世界，
所謂乾透，只是潮溼的心再擰不出一滴水來而已。
後來，我習慣了溼漉漉的活下去，
發現偶爾活精彩了，身上會蒸發出一層淡淡的詩意。
如何看待人生裡的那些疾風驟雨？
或許全身溼透也算是人生最好的洗禮。

人生是一場倉促的逃亡

我的人生是一場倉促的逃亡。

這話並不誇張。

我在湖南南部的小城郴（讀音ㄔㄣ）州生活了十八年，高考前，我告訴自己如果不拚最後一把，人生會永遠被困在這裡。

「被困」是個很妙的說法，它意味著我青春期最初的覺醒。雖然我並不清楚自己到底有何本事，但我篤定，如果不自救，這裡有一種引力能把我一輩子困在這裡。

抱著多考十分就能離家一百公里，多考五十分就能離家五百公里的信念，我大量做題，毫無怨氣。比起後半輩子會一直懊惱為何自己沒能抓住高考的機會拯救自己，賭上高三一年的時間是年少的我能做的最正確的決定。

那大概是我人生中第一次想通了就奮不顧身去做的事情。

正因如此，「只要心甘情願，一切理所當然」成了我此後很長一段時間的座右銘。

說來奇怪，當學習的意義只剩下「考試」，我無論如何也理解不了。可當它的意義變成了「能遇見更多厲害的人」、「能見到更廣闊的世界」、「我能選擇自己的人生」時，學習一下變得容易起來了。

看不進去的能看進去了，沒耐心弄懂的也變得有耐心學了，只要能讓我逃離這裡，好像一切的苦都變得理所當然了。

命運似乎待我不薄。我從家鄉考到了省會的大學，大學畢業後進入省電視臺，之後選擇北漂至今，如我所願，自己離家鄉越來越遠。

甚至這一路我遇見了很多人，遇見不喜歡的，我也逃得遠遠的，把距離拉開。拉不開物理距離，我就拉開心理距離——埋頭工作，讓自己升遷快一點，眼界更高一點，不讓對方出現在自己的視野。

這一路的逃離，我的出發點只有一個——找到一個能讓自己生活得更舒服的環境。

可當初為何要選擇逃離？這就要先從家鄉說起。

出生就想著逃離

我的家鄉郴州，是湖南南部的一座小山城。

這座城市在丘陵之間野蠻生長，一年四季漫天遍野都是綠色。城市盡是上山下坡的路。少時的我時常站在坡頂向遠方的坡底張望，那綿延起伏的道路總讓我不自覺陷入悵然。

我懷疑自己本是個心思簡單的孩子，是這一城交織起伏的山路在我的心上劃出了深淺不一的皺褶。為了熨平這些溝壑，我把自己整個藏進心裡，在裡面忙來忙去，看起來就成了心事重重的樣子。

「郴」這個字除了本地人，外地多數人不認識。剛去外地念書時，我總要糾正同學，這個字唸「ㄔㄣ」。可就算提醒了，很多人還是記不住，第二次大概會唸成「彬」。

二十世紀七、八十年代，大家提到這座山城，都用一句俗語來形容——「馬到郴州死，船到郴州止，人到郴州打擺子」，打擺子的意思就是生病發抖拉肚子，加上糧不夠、水不足、環境惡劣，這便成了外界對家鄉郴州的第一印象。

我爸是當地衛校附屬醫院的醫生，我媽是同部門的護士，他倆在這裡相遇，組成家庭，然後有了我。

那時，為了工作方便，爸媽公司分配的平房就在醫院住院樓的對面，中間隔著一條勉強能並行兩輛車的路，他們上下班的路程不過十來公尺。

我媽總擔心把病菌帶回家裡，所以家裡常備八四消毒液，在一個大澡盆裡稀釋，再用稀釋的水拖地、洗手、洗衣服。

自小時候起，家裡有且只有一種味道——八四消毒液的味道。

以至於後來，我在其他場合，只要有清潔員在用八四消毒液清潔，我總是會多看一眼，他們的身上大概也藏著媽媽的影子。

因為爸媽身上全是這種味道，所以我便很少往他倆身上撲，顯得不夠親近大概也是這個原因。

因為上班地點離家近，他倆總是很晚下班，剛到家沒幾分鐘又被叫回科室也是常事。

我就像是父母工作之餘的贈品，只有在他倆極其放鬆的情況下，才會偶爾想起我。

我爸經常加班動手術，我媽是護士，自然也會一起。一次我媽的同事告訴她：「妳趕快回去看看妳兒子，他躺在門口睡著了。」我媽這才想起來我早就放學了，沒有家裡的鑰匙。

她趕忙回家，發現我躺在木門和紗窗門之間呼呼大睡，我媽哭著把我搖醒，緊緊抱住我，又馬上替我做飯。

她內心偶爾愧疚，就會情緒激動。而我早已習慣了被忽視，所以情緒穩定，她內疚她的，我看她一眼，繼續睡我的。

我小時候覺得這樣也沒什麼不好，他們最好工作一直那麼忙，這樣就不會有人催我學習、做作業。也正因如此，我那時的作業都是第二天一早趕到學校去抄，埋下了成績不好的禍根。

我爸媽都是努力的人，在公司人緣好、能力強，我完全配不上他們。

這一點也是我慢慢有了自尊心之後才意識到的。

爸媽那個年代的人，沒孩子時大家比工作成績；有了孩子，大家便開始比孩子的成績。每到這時，我總是抬不起頭。

大家對我的評價十年如一日：「你兒子看起來滿聰明的，但為什麼就是學什麼都不行呢？」

「看起來滿聰明」重點不是「滿聰明」，而是「看起來」，說明實際上我應該很蠢。這是一種被包裝得很深的嘲諷。

我很好奇，我看起來很聰明嗎？我看起來就很笨好嗎！

他們不如說：「你兒子看起來就不聰明，所以成績差也很正常。」

這樣的話，我爸媽可能也不會對我抱有什麼期待。

大家總說我看起來聰明，這種評價給我和爸媽都帶來了困擾。

我從小個子就矮，進了高中也才一百五十幾公分，戴著八百度的厚玻璃鏡片眼鏡，又瘦又黑，扔在哪裡都不起眼。恐怕我爸媽也常困惑：為什麼他倆的結合會生出一個我這樣的孩子？

直到很多年後，我才知道另一個事實——我出生之前，有一個哥哥，早產，很快就夭折了。此後，我媽情緒低落了很久。是我的出生讓她又恢復了對未來的希望，所以光是我出生且能長大這件事，就值得她開心一輩子了。

大概是因為這樣，我爸媽從不埋怨我笨，畢竟他們對我最大的期待是——活著就很好。

他倆為我報過不少才藝班，美術、武術、籃球、小提琴、珠算……其他孩子輕易就能抓住其中的訣竅，被篩選出來，被誇讚說很有天資，應該朝這個方向努力。只有我，在任何才藝班都找不到訣竅，全靠胡亂比劃蒙混過關。

每個才藝班的老師和我媽聊天後，我媽的臉上總有掩飾不住的失落。

我跟在她後頭，也失落。

她從不指責我，我知道這是無能為力的意思。

我笨嗎？笨是將一個人的未來徹底封死的最好理由，也是一個人放棄自己最坦蕩的原因。但真正笨的孩子是不會有內疚感的。

可我有內疚感，還過量。

我整天都在思考：為什麼我和同齡人相比那麼糟糕？為什麼我成績就是不好？為什麼我運動就是那麼差？為什麼我美術、音樂沒一個有天賦？為什麼我那麼矮，長得又那麼不端正？為什麼我有高度近視？為什麼所有的詬病都集中在我一個人身上？

我滿腦子疑惑，時常眼神失焦，陷入發呆狀態。

旁人便說：「他又在發呆了，發什麼鬼呆，想點正經事情不好嗎？」

發呆不是放空，恰恰是在聚精會神的想一件正經事，但需要用極其安靜的姿勢去悄悄靠近，潛伏在其周圍，才有可能等到答案偷偷探頭。

因為沒有自我，無法靠雙腿堂堂正正的站立。我像個不倒翁，被來往的路人推來推去。一會兒東，一會兒西，朝南後又朝北，誰經過都能推我一把，我重心不穩，總是顛三倒四惹人笑話。

小時候我最喜歡的電影是《霹靂貝貝》，裡面的貝貝被雷電擊了一下，就成了一個厲害的人。

很長一段時間，每當山城被傾盆大雨籠罩時，我都希望能來一道閃電劈中我。每次考試成績出來時，我都望著窗外的雨，期待有個球形閃電進入教室直接撲向我，電擊我，讓我成為一個全新的我。雨過天晴後，同學們為彩虹而歡呼，只有我很失落。

中學時，我放學後最喜歡去的地方就是列車來往的天橋上。我總是站在橋邊，看南來北往的列車，希望未來有一輛列車能把我帶到別的地方，一個沒有人認識我的地方，哪裡都行，畢竟在那裡我不會過得那麼狼狽。

父母對我的失望藏在心裡，我對自己的失望寫在臉上。

周圍的親朋好友都知道我是一個怎樣的孩子。我渾身被貼滿了標籤，這些標籤總結起來都是一個意思——幹什麼都不行。

就算很多時候我內心其實滿想試一試，可身上的標籤多了，試一試都顯得譁眾取寵。

當我鼓起勇氣說普通話時，就會被人嘲笑做作。

當我打算跑個一千五百公尺時，就被人說太陽從西邊出來了。

那時那地，想主動做成一件事情是不可能的，總有人能換著花樣把我的心火澆滅。

我只能躲在自己的世界裡不再掙扎，寧願被看成一事無成，也不願再成為他人眼裡的跳梁小丑。

我問自己：是真的覺得自己不行嗎？恐怕是的。

我又問自己：是真的連嘗試的勇氣都沒有了嗎？恐怕也是的。

如果真的放棄了，為什麼還非要在自己的答案前，加上恐怕兩個字？

恐怕不就意味著我不死心嗎？

頭枕著書包，躺下來，雙手放在胸前，看著一片漆黑的夜空，一籌莫展。

心跳聲隨著呼吸變得平緩，眼前的黑也慢慢沉澱在了身體裡，天幕上露出了星星。

星星一閃一閃，我聽到心裡一個很微弱的聲音漸漸變強，那個聲音說：「如果離開這裡會怎樣？如果離開這些人會怎樣？你是不是會更有勇氣一點？」

隨著成長的挫敗感越來越強，高考越來越近，這個問題的音量也越大了，後來幾乎變得尖厲刺耳——我想換一個環境，去一個沒有人認識我，沒有人會隨時評價我的地方。我可以去做任何事，失敗了不用笑著佯裝沒事，轉身就可以自嘲懊惱；成功了也能當場為自己拚命鼓掌，愛出風頭也很好。

我以前總惋惜：為什麼自己身邊沒有人？

後來才發現：我身邊不需要任何人，只要我能離開這裡。

念想不停堆積，終於在高三時成為一支蓄力許久的箭，重重的朝遠方射了出去。所有人都說我突然開竅了，沒錯，有句話如閃電一般擊中了我——如果你不趁著高考的機會考出這座小城，你一輩子就只能這樣了，不可能再有別的機會。

一夜之間，什麼人際關係，什麼閒言冷語，通通不重要了，我驚訝於自己對學習的投入，我在意的不再是分數，而是每一點知識，懂得多一點就能離這個小城遠一點。

高考前，老師對我爸媽說：「這小子如果努力一把的話，搞不好能考上一個大專。」

最終，我考上了省會的師範大學，是一所「二一一」，周圍人都覺得非常訝異。

爸媽的朋友對我爸媽說：「你看看，我就一直覺得他是一匹黑馬，本來就很聰明。」

比起聰明來，我覺得自己是個懂自愛、會自救的人。

每個逃離的人身後都有一雙手的支撐

每個離開家鄉的人都由兩個自己組成。

在他們離開家鄉的那一天，便把過去的自己留下了。異鄉的他們又會在新的土地上長出一個全新的自己。

就像我，將十八歲的自己留在了家鄉，在外闖蕩的我也已經二十四歲了。

曾有朋友對我說：「真羨慕你，離開家那麼久，父母也沒有給你壓力，任你在外面看世界。」當我第一次聽到這句話時，本能的愣住，我似乎從未站在父母的角度思考過這個問題。難道不是因為自己夠堅定、夠堅忍，才能在大城市生存下來的嗎？

我也沒有想過，如果父母不在背後支持我，從來不抱怨我回家少，我是否能這麼多年心安理得的待在大城市？在我三十歲之前的那些年，當一起北漂的夥伴陸續選擇回家鄉時，我不止一次問過自己到底要不要堅持下去。父母從未對我提出過任何要求，也從未對我進行過任何催促。

他們不問我究竟能賺到多少錢，也沒問過我未來的計畫，他們問我最多的就是：「還行吧？」

我說：「還行。」

他們就說：「還行就行。」

現在想起來，好像他們從一開始就做好了支持我遠行的準備。

大學畢業時，很多同學選擇回家鄉，我對我媽說：「我不想回郴州工作，我想留在長沙。」她說：「你喜歡就好，反正長沙離家也不遠，火車四、五個小時就到了，很方便。」

又過了一年，我跟她說：「我打算去北京工作，北京很遠，有可能我們一年只能見一、兩次了。」她還是像之前那樣對我說：「你喜歡就好，不要委屈自己就行，你回不來湖南，那我們就去北京看你。」

事實上，他們從未提出來北京看我，他們知道我和幾個朋友擠在一間小房子裡，他們知道我買了一張二手的床墊睡在地上，他們知道我所任職公司的主管對我還不錯，知道我每天的生活只有兩點一線——公司和家裡，也知道我每天都會加很長時間的班，他們對我唯一的交代就是：注意身體。

邊回憶邊想，哪位父母不希望能與自己的孩子生活在一起呢？當時逃離家鄉只覺得和父母共同生活的十八年太壓抑了，卻不曾想到，一旦大學畢業選擇了漂泊他鄉，這輩子與父母相見的次數就開始所剩無幾了。

一年長假回兩次家，五十年也就只能和父母相見一百次。

我曾以為自己選擇北漂是一場勝利的人生逃亡，逐漸才意識到，這是肩膀上，與父母見一次便多落一層的霜啊。

霜落在我的肩上，掛上父母的鬢髮，浸透樹木的年輪，怎麼一轉眼，那在車站送我遠行的五十未滿的父母，忽而就年過七十了呢？

我曾以為自己對人生的每一次選擇都快速堅定、富有主見。可頂著風向前走，光有主見是不夠的，還需要背後有足夠有力的手推著我往前。而那雙手來自我媽。

無論是高考後選擇讀中文系，還是畢業後選擇留在長沙，再決定北漂，每個決定的背後，都是我媽在我身後死死頂住，讓我不必回頭。

因為從小成長在醫院裡，周遭的人理所當然的認為我應該學醫，不然我爸那些醫書、那些積累無人繼承。更何況，同齡人多數都找到了各自的專長，只有我沒有任何突出的地方，只是憑著高三的最後一腔熱血和好運，考到了一個不錯的分數，學醫是最沒有懸念的。

雖然我不知道自己喜歡什麼，但我很清楚自己討厭與醫院有關的一切。

半夜家裡響起急診電話鈴聲，手術臺的無影燈能照出一切膽怯，至今閉上眼，我的世界都彌漫著八四消毒液的味道。

印象最深刻的是，有一次我半夜驚醒，發現只剩自己一個人在家，於是跑去住院部找爸媽，路上經過有病人家屬低聲哭泣的太平間，我用力推開住院部的雙扇門，看到走廊兩邊躺滿了因為瓦斯爆炸而重度燒傷的礦工，所有醫生、護士口罩、帽子、醫師袍全副武裝，人人都只露出雙眼在為傷者抹燒傷藥。我在驚恐中一步步往前挪，終於看見一雙熟悉的眼睛，便走過去蹲在她的身邊，一聲不吭。

我媽看我一眼，瞬間就哭了。

我離她那麼近，她都哭了。後來我離開她那麼遠，她有哭過嗎？

我從來沒有問過，也不敢問。

我媽是個矛盾的人。

她不敢殺任何家禽，卻對醫院的急救輕車熟路。

她現在和我爸住的屋子後面有個小院子，草木繁盛，遮住了大部分的陽光，我三番兩次讓她請人修葺，她也不敢，她說那是我爸種下的草藥和樹苗，怕修剪之後我爸會發脾氣。

但也正是這樣的母親，明知道我爸反對我學除了醫學之外的任何學科，卻帶我在最後一天坐火車趕上了中文系的報名。學費不菲，她從貼身的衣物裡掏出了厚厚一疊現金，很自然的說：「火車上小偷多得很。」

報完名，我長舒了一口氣，問她：「我爸那邊怎麼辦？」她說：「沒事，我去說。」

後來我在北京工作了兩年，她問：「如果你不打算回來，我想乾脆幫你付個頭期款買個小房子，你自己還房貸，這樣你也能過得稍微有安全感一點？」

我爸不同意，覺得家裡所有的積蓄只有那幾十萬元，都給我了，他們就沒法安心養老了。

我爸反對他的，我媽又背著他把錢都給我付了頭期款。我問她：「我爸那邊怎麼辦？」她還是說：「沒事，我去說。」

我在之前的文章裡寫：「二十八歲那年，我硬著頭皮跟我媽聊了自己對未來人生所有的規畫，這種決定對傳統父母來說一定是忤逆的。我媽花了半小時消化完我的想法，依然對我說：『你好，我們就好，你爸那邊我去說。』」

小時候，她帶著我回江西贛（讀音ㄍㄢˋ）南地區的大吉山鎢礦，那是外婆、外公家。

乘綠皮火車需要兩天一夜，萬一外公沒有及時收到我們發去的電報，就沒有人會在半夜來鎮上接我們，我媽只能凌晨在街頭隨便找一家小旅館過夜。因為害怕半夜有人撬門而入，她把我哄睡之後，自己背靠著門可以睡一整夜。

平時在家裡看起來最柔弱的她，卻是家裡最敢做決定的人，也是最能護著大家的人。

我爸平時工作太忙，我和他的關係也在長大中逐漸疏離。

中學的我從未給他爭過氣，高考後我選擇了他不允許學的中文系，我們的父子關係降到了冰點。

我曾如此形容我和我爸的關係：

「那時自己的脾氣被青春的粗糙面磨得光滑又銳利，以為所有事物的結果只有『對和錯』兩個面，所以執拗，不管不顧，對我爸說：『如果你不讓我讀中文系，我們就斷絕父子關係。』

「『斷絕父子關係』這句話說起來是那麼輕而易舉。我沒有做過父親，不知道做父親要經過怎樣的磨礪，也記不清楚父親對小時候的我投入過多少凝視，我所有的怒氣只緣於他想控制我的生活。

「不吃飯，不說話，關在房間裡不出來，父親也如鋼鐵，決定了就絕對不妥協，哪怕後悔也不會表露。我們其實都是磁鐵，只是將相同磁極對準目標，無論如何都不會再有交集。」

此後我和我爸長達兩年零交流，大學放假回家，即使兩個人坐在同一張沙發上，也誰都不說話。

我當著全家人的面拒絕了他的建議，一意孤行選擇了另一條路時，他父親的形象就被一個十八歲的孩子，在家人面前砸得粉碎。他一定覺得在我面前失去了威望，無論他再說什麼，我都不會往心裡去了吧。

他不說話，也許只是不想再被我傷害。

三十歲那年，我參加了一個訪談節目，就在我以為節目要收尾時，主持人突然請出了我的父母。

也就是從那一天，我重新認識了我爸。

起因是主持人問了我爸一個問題：「你覺得當初逼兒子學醫是不是一種錯誤？你覺得自己被誤解了嗎？委屈嗎？」

這個問題讓我爸突然哭出來，斗大的淚珠撲簌簌直落。

那是我人生中第一次看見我爸哭。

我媽一邊拍著爸爸的肩膀安慰他，一邊解釋，其實我爸想讓我學醫的出發點很簡單，因為那時我各方面表現都不盡如人意，他覺得只要我學醫，無論我做得好不好，他都能保護我。他只是想給子女一個更有安全感的未來。

但如果我選擇讀別的科系，去往異鄉，萬一受了挫敗，被人欺負，我爸都不知道該如何保護我。

他擔心我中文系畢業那天，他不知道該托誰幫我找一份工作。

他所有的出發點都來自——他該怎麼保護我。

而我所有的出發點都來自——為什麼他要管控我的人生。

我媽接著說，我剛到北京的那兩年，半夜會因為空氣過於乾燥而流鼻血，我總是凌晨打電話給我爸，問如何止血最有效。我爸告訴我方法後，掛了電話就立刻穿上衣服去醫院幫我抓藥熬藥，無論當時是半夜幾點。

我也立刻想起來，每次第二天醒來，總會收到爸爸傳給我的一封簡訊：「中藥幫你熬好了，剛寄出去了，真空包裝，每天一袋，開水溫熱後睡前喝，連喝兩週，看看效果。」

我媽說那是我爸唯一覺得他還能幫助到我的方式，他在盡他的全力保護我。

迄今為止的人生中，我只見我爸哭過兩次。

一次是上節目那天，一次是後來他送我奶奶下葬。

一次他是作為爸爸被兒子誤解，一次是他作為兒子送媽媽離開。

之後，我把這一段故事寫在了散文集《你的孤獨，雖敗猶榮》中的〈趁一切還來得及〉一章裡，然後把書寄給了他。

我不知道他看了沒，也從來沒問過他的感受。

但我心裡想的是：看！說了不要擔心我學中文找不到工作！我還能把你的故事寫進書裡，這下你總該放心了吧！

多年後，我回到家鄉拍攝電視劇，把主角們放學後聚會的地點，選在當年我常看火車經過的天橋上。

站在以前的位置，來往的綠皮列車和十幾歲那年仍一模一樣，列車飛馳而過的氣味也和當年一模一樣，我怔怔的看著，彷彿看見自己被這南來北往的列車刮來的風灌滿而瞬間長大。

逃跑時的故鄉是渾濁的，回望時的故鄉是沉靜的

當異鄉的你與家鄉的你在多年後統一了對某件事情的看法時，這個過程就叫和解。

我把自己理解了爸爸的事情告訴了家鄉的自己，他也終於表示能理解了。

三十歲前，我常用黑雲壓城來形容自己的故鄉，出發那天發誓再也不回來。

三十歲後，故鄉的一切都在我的身體裡沉澱，成了一切回憶的重疊，任何的似曾相識都能打開一扇任意門，而門的另一端便是故鄉。

當我頂著寒風緩行在冰島維克（Vík）的黑沙灘（Reynisfjara Beach）上時，友人驚嘆大自然的造物，而我腦海裡卻浮現出家鄉的北湖公園中那個一百八十畝的湖。小時候我就坐在北湖邊的鐵鏈護欄上，微風和煦，陽光正好，風慢慢將水面刮出穀皺，雨燕一次又一次點醒一池的沉悶，餘波一層接一層輕打湖岸，那是十三歲的少年人生中遇見過的最大的水域。少年想：未來能走到海邊嗎？大海又會是什麼樣子呢？味道是像北湖一樣略帶魚腥味嗎？風是友好的嗎？

當我真的走到了火山噴發後的黑沙灘，走到了風琴岩峭壁下時，我瞬間穿越回了北湖的鐵鏈護欄邊，是它第一次讓我對海有了想像，我也想讓它看看我眼前的海。

當我站在海拔四千多公尺的阿爾卑斯山脈的少女峰（Jungfrau）上，雙眼被白茫茫的大雪晃得無法睜開時，我想到的卻是家鄉的蘇仙嶺。登高遠望整座小城，目力所及之處的大部分建築被連綿的山嶺霧氣所淹沒，導遊說雲開霧散時便能清楚的俯瞰整座城市。那時我想的是：我能夠等到自己的人生雲開霧散的那一天嗎？

所以當我站在異國他鄉的山峰之上時，我打開任意門走出去，拍了拍家鄉蘇仙嶺上十七歲自己的肩膀說：「會有那麼一天的。」

這些年，無論吃到任何好吃的，我都會拿來和學校門口的那碗夾雜著豆豉、茶油、辣椒味的魚粉相比較，和家鄉熱炒店的涼拌豬耳絲、乾豆角炒肉、乾煸大腸比較。朋友總說我這個人上不了臺面，我訕訕發笑，確實如此，人的心裡一旦挪出了一個位置給故鄉，就全然顧不上臺面那點事了，不是整天低頭看著懷裡那點故鄉的往事，就是湊近了聞故鄉那特有的味道。

所以後來無論去到任何熱鬧的地方，我的回憶都會回到家鄉東風路上的熱炒店旁，重新感受一下人聲鼎沸，心想還是家鄉比較熱鬧。

雨是家鄉的雨更急，雨聲是家鄉的雨聲更動聽。失眠時手機播放雨聲的白噪音，也總感覺不如家鄉的雨聲更容易令人入眠。

寒風是家鄉的更刺骨，走在家鄉街頭巷尾的我，懷揣著多少青春萌動的心事，暗戀無果、交友失敗、其貌不揚、前途渺茫，這陣陣寒風入骨戳心，確實是家鄉的寒風更傷人。

可也正是這著急的雨，這刺骨的風，這一想起就不忍卒睹的往事，卻成了我日後最容易動情的畫面。

在我缺乏自信、低頭疾行的日子裡，家鄉的一切都毫無生機，令人沉沉入睡。我曾走在它每一條狹窄的街巷，觸碰每一面帶有裂痕的牆壁。居民區總是傳來無休止的爭吵，不及格的成績單飄落四地，我穿過其中，感覺自己的人生彷彿是一張被店家遺忘的大額帳單，自己買不起，商家也不惦記，我就一直站在那裡，瑟瑟發抖，左右為難。

在這座城市中，所有人都在過著機械而麻木的生活，覺得彼此的事都無關痛癢。陽光透過樓房的間隙，一縷縷塵埃撒在黃昏的街頭。行色匆匆的人，眼神不小心對上也滿是冷漠和疏離，似乎每一步都在前往無望之地。夜晚的星光也顯得那麼蒼白無力，投射在城市的屋頂上，如同被悲哀塗抹的鉛灰。

我曾寫道：「故鄉是一座沉重的枷鎖，每個離去的人都帶走了一份無法言說的壓抑。我們渴望遠方，渴望一種更真實的存在，遠離故鄉給我們施加的荒謬和束縛。然而，離開並不等於遺忘。在遠方的我們，總是不經意的在夢裡重回故鄉的街巷，醒來後覺得悵然，居然開始懷念那座讓自己感到孤獨的城市。或許，正是這種孤獨和無望，讓我們在離去時義無反顧，在遠方時又無法釋懷。」

後來，當我慢慢的有了自己的樣子，也敢與迎面走來的人對視後，故鄉又成了黑暗大海中一片發光的夜光藻。那是一閃一閃的微光，然後慢慢連成了一片，你走過去，那驟亮的光能直接映亮臉龐。

於是我在這微光中看到了很多溫暖的人，他們為我做的溫暖的事，這些事這些年都去哪兒了呢？我怎麼轉身就忘了呢？

我想起了方老太。小學時，我的錢只夠買兩塊臭豆腐，是小學門口的方老太幫我把兩塊臭豆腐切成小碎塊，然後淋上滿滿一碗湯汁，讓我的看上去和別人的一樣是一大碗。

也想起了高中校門口熱炒店的張媽。她看我和同學每天湊錢買一份炒粉當消夜，後來每次幫我們多加一大碗米飯混炒，收一樣的錢。

魚粉攤的鳳姐，總把男生點的小碗魚粉換成大碗，不怕他們吃不完，只怕他們上午會餓著，她還總說自己年紀大了記錯分量。

我還想起了高考前和朋友之間的一次對話。

我高二時交到了幾個朋友，那大概是我十八歲前最快樂的一段回憶。雖然大家成績都不算好，但互相尋求慰藉的感覺卻比什麼都重要。好景不長，高二下學期學校開始分班，我們的高中在那時不算太好，所有的人分成了高考班和只拿高中畢業證書的班。

那些夥伴突然之間就疏遠我了。

我鼓起勇氣問過一次，他們說：「你這種要考大學的好學生，和我們是不一樣的。」

那種把我硬生生推開的語氣，讓我覺得原來青春期的友情是那麼不牢靠。

他們放學後依然在學校門口的撞球攤打撞球，騎著摩托車來回轉，我看著他們，他們也看著我，然後幾個人扭過頭有說有笑。他們的友情裡不再有我，我也繞道而行，不想因為再遇見而覺得被孤立。

那是一段難熬的時光，於是我更想盡快結束這一切，離開這個鬼地方。

高考前最後一次晚自習，我從學校出來，遠遠看見那群朋友還在撞球攤。我想了想，決定換條路走。

沒想到他們幾個騎著摩托車來到了我的面前，我以為自己的態度得罪了他們，他們要揍我。我佯裝鎮定，問他們要幹麼，其中一位朋友說：「再過幾天不是高考了嗎？我們想和你說句話，去年突然不和你玩，是因為我們覺得會拖累你，你確實比我們成績好，也聰明，你是我們朋友中唯一有機會考上大學的，所以我們不想拖累你。我們是沒有機會讀大學了，但希望你能考出好的成績，讓我們這群朋友也沾光。好了，不管怎樣，等高考完了，我們再一起玩啊。」

他們說完，每個人都過來擁抱了我一下。

我怔怔的聽完，就簡單說了一個字，「好」。

朋友又問：「高考那幾天，需不需要我們騎摩托車送你？反正我們很閒。」

我說：「不用不用，考完後再一起玩。」

我迅速經過他們，把他們甩在身後，眼淚止不住的掉下來。

初中的好朋友小五，他家是賣豆芽菜的。

初中後他讀了中專，畢業後進了郵局上班。

他得知我考上了大學，第二天就要走了，前一天晚上騎著腳踏車來我家樓下，大聲喊我的名字，我匆匆下樓看見是他，高興壞了。

他送給我一本厚厚的郵票冊，裡面有很多郵票，他說可以多寫信，他以後能幫忙出我寫信的郵票。

他又從腳踏車後座拿下來一大包豆芽菜，說那是他家自己吃的，沒有泡過藥水。

「你真厲害，我真為你感到開心。」最後他說。

幾年前，我和高中那群朋友相聚了。

大家都很拘謹，一方面是時間拉開了距離，另一方面是生活的殘酷帶來了對人生的警惕。

大家很有禮貌的問好，拍拍對方的胳膊，很有節制的喝酒，有的說家裡的孩子發燒了不能喝太多。

好的，好的，我們都互相理解。

大家都很沉默，相聚也在沉默裡變得難熬，我一杯接一杯把自己喝醉，間歇中聽他們說起各自人生的苦，其實能出來相聚就很好。

雖然我知道我們都回不到過去了，但我也知道，我們發生過的那些事還能輕易的帶我回到故鄉，就夠了。

正是「過盡愁人處，煙花是錦城」。

他鄉永遠無法成為故鄉

迄今為止，我在北京待了二十年。

最初十年，別人問起我對北京的感受，我總說缺乏安全感，好像自己一直在這裡出差。

也許是因為我的根扎得還不夠深，所以無法融入北京。

後來待在北京的時間越來越長，哪怕身分證上的地址從郴州變成了北京，我依然感覺不到自己屬於這裡。

也許是我遇見的朋友也都沒有把這裡當成家，大家只是趁著自己還未老去，把北京當成了見世面的中轉站而已。也許是這些年，每年總有幾位朋友在社群平臺用一篇文字或寥寥幾句，來和所有人道別。

他們寫：「北京再見，各位珍重。」

我不知道該如何留言，點個讚已經是我最真心的祝福，同時心裡想：我會離開嗎？

想起二十來歲時，當一起北漂的朋友要離開北京時，我請假或曠班都要去北京西站送別。

再後來，大家臨行前吃個餞行宴，就再也不見。

到現在，在社群平臺點個讚當成作別，在這樣一個城市，已經算是很有禮節了。

在北京，相遇的朋友總是換了一群又一群。

三、五年總能和一群朋友好得不得了，是因為那時大家的人生和事業軌跡多有重合。

三、五年後，只要一、兩位脫離軌道，這群朋友突然就散了。

你會在「太空」獨自飛行一段，當再次進入固定運轉軌道時，又會遇見另一群朋友。

前段時間，我和一群朋友坐在一起，很是熱鬧，我突然放空。

一位朋友問我怎麼了。

我說：「就是感慨，覺得遇見了你們我很開心。」

他說：「開心就要表現出來，不要憂心忡忡。」

我接著說：「這些年，我遇到過好幾次這樣的朋友，後來都散了，我剛才在想我們在一起可能還能熱鬧個兩、三年，兩、三年後這群人可能又會散了。」

朋友不說話了，我知道他也懂了。

他一定也是從另一條軌道飛來的衛星，未來還將去往別的軌道。

也正是因此，除工作之外，你在北京無論種什麼，都難有收成。

甚至，一塊地種久了，也難免會遭遇貧瘠。

前兩年，我把更多的時間投入工作中，難有時間寫自己內心的東西。而忙碌很久後，工作結果又不如我所願，我便陷入了自我懷疑。

懷疑自己的能力是不是已經到頭了，懷疑自己是不是已經沒有心力再繼續了，懷疑自己是不是不適合現在的工作，懷疑自己再提起筆也難寫出真心了。

這種一睜眼就開始的自我懷疑極大的消耗著我對自己的耐心。

先是失眠，接著是耳鳴，然後人量掉髮直至多處斑禿，整個人的精神全部都垮了。

我找朋友聊天，去看醫生，每天自己安慰自己，似乎都沒有成效。

我想逃去一個陌生的地方，卻無法開口跟公司請假，甚至不知道自己應該到哪裡去。

那一刻我問自己：為什麼我的人生似乎一直在逃？

逃離家鄉、逃離朋友、逃離對手、逃離自己⋯⋯。

雖然我逃跑很有一套，但到了今天，我卻發現好像怎麼逃也逃不過五指山。

這五指山對我究竟意味著什麼？

於是那個在異鄉成長到「二十四歲」的我提起筆，為留在家鄉十八歲的我寫了一封信。

是真的寫了一封信，我把我的處境一一寫在紙上，鄭重的寫上了家鄉的地址，投遞出去。

一週後，我回到家鄉，去驛站收信，坐在家裡的沙發上拆信，一個字一個字的閱讀，窗外是連綿不斷的春雨，我枯木般的情緒就在這清新的雨水中重新冒出了一點新綠。

讀完信，我提起筆給北京的自己回了一封信。

北京的我寫道：「三十五歲前的我，無論做什麼都好像特別勇敢。可一過了三十五歲，大城市的我，開始變得瞻前顧後，畏畏縮縮，似乎看到的人多了，對世界的了解多了之後，自己就變得膽怯了。一方面害怕失去，另一方面又無法像最初幾年那樣全情投入去做一件事。到底是因為覺得自己時間不夠了，無法在規定時間內得到自己想要的結果，還是因為才華所限，就算時間充裕，也擔心無法得到一個好結果？」

家鄉的我回：「你要知道，當時你拚了命要出去，不是為了要獲得什麼，只是為了成為一個不妄自菲薄的人。所以你現在也應該如此，不必在意更多，不必患得患失太多。你離開家鄉時，只帶了爸爸用過的一只小箱子，而現在呢，我們擁有的足夠多了，想想這件事，你不必如此自責。」

北京的我再寫道：「那你知道為什麼我現在那麼焦慮嗎？好像每天醒來都在衡量和計較各種事情，而又沒有任何結論。」

家鄉的我回：「剛去北京的前十年，你少有不快樂的日子，因為所有的閒暇你都坐在電腦前打字，把一切寫成文字。那些負面情緒一旦形成文字，就不再是情緒，而是變成你的作品。後來當你接觸的人多了、事情多了、目標多了之後，你再難有時間寫作。鬱氣堆積在胸口無法化去，工作又難有成就感，整個人飄在空中，你的眼裡都是人，你忍不住和他們去比較，但比較是偷走幸福的小偷，偷走你對自己的專注。你所在的北京，大家都很忙，沒有人能解答你的疑惑，你也沒有寫足夠多、足夠有分量的文字讓自己沉澱。好在我在這裡，家鄉的我能為你收線，如果你想回來，隨時回來，我帶你去充充電。」

於是這兩年我回家鄉的次數也漸漸多了起來。

家鄉的自己也沒有食言，他會帶我去每一個我們曾待過的地方。他會帶我去火車站吃一碗深夜的魚粉；會帶我坐在熱炒店，踩著一箱啤酒和朋友們划拳；會帶我去淋一場雨，去破一陣風，讓我卸下身上厚厚的甲，那甲殼笨重，扔在地上哐哐作響。

我很感慨，這副甲當初只是為了讓自己不會受傷，沒想到如今卻讓自己寸步難行。

他說：「你不用怕，你代替我去外面看世界那麼多年，無論怎樣，你都贏了，再不濟，回來就是。」

聽完這些的我，很容易就眼眶溼潤，告訴自己盡快返回北京繼續大殺四方，埋頭苦幹。

家鄉的我對我說了很多話，有一句我會一直記得。

他說：「你的人生，我來為你收線。但在他鄉，你的文字為你收線。不要忘記，這是你人生裂縫裡透進來的第一縷光。」

寫作是我逃離的方式

每個人都會經歷冰封的人生開始消融的時刻，裂出第一道因暖意而產生的縫隙，此後裂縫越大，冰層下開始有了汩汩流水，岸邊有了冒頭綠意，空氣中也開始有了凜冽又生機勃勃的氣息，那是一個人春天的開始。

我的春天發生在高三的一次模擬測驗。

以往一百五十分的語文考試我總在九十分上下徘徊，大小作文共占八十分，我通常只能拿到四十八分。那次考試的作文題目是《寫給爸爸的一封信》，換作以往，我會很正常的寫他敬業，寫他加班為病人治病，最後昇華到自己要成為爸爸那樣的人。

那天不知怎麼，或許是前一晚我和他發生過爭吵？細節已經完全忘記了，只記得在作文裡，我寫下了對他全部的埋怨，絲毫不在意老師如何看我。

文章開頭，我只寫了一個字，「爸」。連「親愛的爸爸」都懶得寫。

我討厭他工作太忙，從來沒有時間和我聊天，也不懂我在想什麼。

我討厭每次跟他出去都被他的朋友們批評成績不好，他也從不護著我。

很多次深夜，他做完手術回來，發現我坐在客廳的椅子上睡著了，電視開著，但電視臺已經不播放節目了，全是彩條信號。他就會在他朋友面前模仿我躺在椅子上的樣子，說：「電視都沒節目了，我兒子還躺在椅子上看著呢，不能說他毫無優點，他的優點就是很愛看電視。」

文章最後我寫道：「爸，你知道為什麼我總是會在客廳睡著嗎？那是因為我寫完作文大概九點多，我想等你回來，就看電視，看著看著睡著了，我再醒來時十點多，你還沒回來，於是我繼續看電視，又睡著了，直到電視臺都沒有節目了。在你看來，我是一個可以看一整晚電視的小孩，但其實我是為了等爸爸回來聊天，每天晚上看電視會睡著兩次的兒子。」

寫完那一段，眼淚都滴在試卷上了，我趕忙擦掉，覺得自己好丟人，但交卷之後又感覺到了少有的輕鬆愉悅。

那次語文測試，滿分八十分的作文我拿到了七十八分，總分破天荒上了一百二十分。語文老師拿著我的作文在全班面前朗讀，一開始我覺得家醜怎可外揚，但語文老師唸到一半的時候，他在講臺上哽咽了，我偷偷瞄了一眼周圍的同學，他們眼眶也都紅了。

唸罷，語文老師告訴我：「寫的全是真情實意，你就該這麼寫，把心裡所有的東西掏出來，只有掏出來才能先感動自己，只有感動自己了，才能感動別人。你是有寫作天賦的，好好寫！」

後來語文老師拿著這篇文章在全年級每個班級輪流唸，那些平時和我沒什麼交集的同學也會跑過來對我說：「劉同，王老師唸了你的作文，要我們向你學習，你寫得很好，你爸也太壞了吧！」

那次之後，我的作文幾乎沒有再低於七十分，語文也一直穩定在一百二十分之上，直至高考結束。

高中語文老師的名字叫王水如，如果不是他，我或許至今還沒找到自己人生的出路。對成績好的學生來說，一位好老師能讓他們少走彎路，朝著自己的目標心無旁騖的前行。但對成績差的學生來說，好老師的任何一句鼓勵都能成為海面上的一根浮木，縱使知道人生艱難，他們也能不怕沉淪，帶著一絲底氣朝曝晒、風浪、飢寒走去。

因為王老師的那一句「你是有寫作天賦的，好好寫」，從此寫作成了我的避難所。

表面上看，我幼稚且缺乏必要的交際能力。

可一回到家拿起筆，整個人就像是拿到了地堡的鑰匙，打開門走進去，那連連綿綿的房間，深邃不見盡頭的過道，無論走向哪裡，都是一處安全的棲歇之地。當我用文字填滿這些房間，把回憶刷滿所有的牆壁時，我的人生開始變得很有底氣。

不過我太天真了，寫東西這件事誰不會呢？

進入湖南師大中文系不到一週，系裡舉行了一次作文測驗。中文系共七個班，六個普通班，一個資優班，拔得頭籌的是我們宿舍的郭青年。那篇名為〈青春〉的文章被複印，被傳閱，在熄燈前被朗誦。我反覆閱讀那篇文章，每個字我都認識，但句與句之間的停頓，詞與詞之間的恣意，我怕是十年都學不來。

我拿起自己的文章打算再讀一遍，看看差在哪裡，讀了幾句便將文章撕了。雲泥之別，大概就是形容我和郭青年之間文采的差距。

同學嘯東唸完郭青年的文章，重重的感慨了一句：「好文章啊，好文章，確實是好文章。寫作真的是要有天賦的，像我們，寫一輩子都趕不上郭青年吧。」

嘯東說得一點都沒錯，我心裡也是這麼想的。

但我讀中文系是為了趕上郭青年嗎？不是的，我只是為了逃。能跑多快就跑多快，文字能讓自己想暢遊多遠就遊多遠。

我連自己都顧不上，還顧得上郭青年嗎？

我開始很投入的去寫文章。

從提筆，到成文，到發表，堪比攀登一座冰峰。

大一每天寫，寫了一整年，沒有成功發表過一篇文章。

大二每天寫，寫了大半年，依然沒有發表過一篇，退稿信倒是收了不少。

轉機出現在大二下學期，我寫了一篇關於父子情的文章，叫〈微妙〉，被發表在省報上。爸爸的同事看到，問他：「這個劉同是你兒子嗎？」

我爸不敢確定這個劉同是他兒子，但是看完文章後，他能確定那個爸爸是他自己。

於是在我們絕交兩年後，他藉口在長沙開會，專程來看我。

雖然第一篇發表的文章稿費只有三十元，但我爸倒是給了我五百元。

命運的大門好像也在自己的不懈努力下逐漸敞開了。後來，我不時在各種報紙、雜誌上發表文章，大四畢業寫求職簡歷，各種發表物合在一起，厚厚的一疊，超過了一百篇文章。

如果當初硬要和郭青年比，沒了心氣，放棄了寫作，我是斷然走不到今天這一天的。

回望大學的四年，我沒有朝擁擠的人群走去，也沒有跟隨他人去走相同的路徑。我在自己的泥濘小道上前行，時常摔倒，灰頭土臉，但這一切對我來說根本不是問題，因為我真正開心的是——在這條小道上，荒無人煙，沒有人在我周圍嘲笑我，為我貼標籤，我撒潑打滾、一身狼狽都無人在意。

我在自己租的三坪民房裡，窗簾一拉，就是一條自己的銀河。那密密麻麻的文字是繁星，一篇篇的文章成形後漸漸形成了自己的星團。

眼裡有光，手裡有筆，心中有銀河，是大學四年我送給自己最好的禮物。

這份禮物讓入學時自覺矮人一頭的我，有了面對更大世界的自信和底氣。

我看中國作家史鐵生老師的《我與地壇》，裡面提到寫作的目的，他一個朋友說自己寫作就是為了母親，為了讓母親驕傲，朋友自覺這個答案似乎顯得粗俗和自私。我問自己寫作的目的是什麼，答案似乎更自私——我想被人看見，被自己看見。文字讓我不用去討好任何人，也不用討好自己，在文字裡我清醒的看見了完整的自己。

一開始，寫作是我用來拯救自己的方式，後來成為區分自己和別人的方式，再後來，寫作成了我逃往遠方、忤逆世界的勇氣。

後來我選擇的職業是影視媒體，最大的遺憾是自己製作完成的節目播出之後，也許這輩子再也不會看第二次。所以寫作又成了我想為自己留下一些什麼而必須做的事。

一晃大學畢業二十年，突然有一天，郭青年在大學同學群組說話，他告訴大家他自己拍攝的獨立電影要在國外參展。同學問他拍攝的內容，他說是一個中年男子不停的找「小姐」，用來對抗巨大的空虛的故事。他說他以前很喜歡的女孩來找他，他也很開心，但見面之後他發現她不再年輕，他很詫異。他還說了一些什麼，我默默關閉了聊天群組。

郭青年拿到那次作文大賽第一名之後就再也不寫東西了，一直在追求他的目標和理想，具體是什麼，他沒說清楚，我也沒弄懂。我曾為他覺得可惜，也覺得我和他不是同路人。

當時間的迴力鏢又擊中我們時，我發現其實我和郭青年是一樣的，我在用不停逃離的方式尋找自己，他在用說不清道不明的方式對抗生命的虛無。我們都擁有自以為的自由，我也知道在我們的身上都背負著自己看不見的藤壺。

但無論如何，我們都找到了與孤獨、與時間和平共處的方式。

離開是為了回來

我常想，如果我的少年時期不充斥那些痛苦的經歷，今天的我還會是現在這樣嗎？

故鄉給我帶來的，到底是用它的土壤將我死死的壓在地底，令我無法喘息，好讓我在多年後的某一個春天裡發瘋的生長？還是許我以更多脆弱，讓我在他鄉能以此釀出酒，輕易就醉倒在過去，在掙扎中書寫成文？

九百多年前，北宋文人秦觀被流放至我的家鄉，寫下了：「郴江幸自繞郴山，為誰流下瀟湘去。」郴江明明是繞著郴州的山而流淌，為何又要流去湘江？

加布列・賈西亞・馬奎斯（Gabriel García Márquez）的《百年孤寂》（*Cien años de soledad*）裡寫，還是少年的荷西・阿爾卡迪歐（José Arcadio Buendía）跟著吉普賽人去了遠方，多年後歸來，成為另一個人，強壯健康，回到家中，就像什麼都沒有發生過一樣。

或許所有離開家的孩子，命運裡都自帶另一顆種子，那是故鄉的庇護——讓你擁有第二次生命，第二套根系，能讓你在陌生的土地上汲取到新的營養。故鄉這麼做的原因只有一個，希望你多年後，能完完整整的回到家鄉，和路邊的老鄉聊上幾句家鄉話，能坐在十幾年前、幾十年前你曾和一群人坐過的熱炒店，把酒言歡，高聲唱和，像所有和解的父子、母女，不再提過往，只顧眼前。那是過一天老一天、過一天少一天的相聚。

我父母不是幽默的人，我也從未有過和他們開玩笑的念頭。

自從我了解父親心裡所想之後，便嘗試時不時和他開玩笑。

有些玩笑太輕，有故作朋友之嫌；有些玩笑太重，重到周圍的人都咋舌。無論是哪一種，我爸都應對自如，就好像在我離家這些年，他一直在做著應對我的準備。

酒桌上，喝開心了，我跟我爸的朋友們說：「你們一定要珍惜和我爸喝酒的機會，我爸真的是這個城市裡年紀最大還出來交際喝酒的人了，喝一次少一次，沒準明天就不在了……」這種話一出口，全場突然鴉雀無聲。大家臉上一副「剛才發生了什麼，劉同他知不知道他說了什麼？他是不是瘋了？」的表情。

我爸一樂：「來來來，人生得意須盡歡，大家都要把酒乾了。真的是喝一次少一次啊。」

我爸完全不在乎。

把死亡掛在嘴邊，不是不敬，而是想用這樣的方式將生死問題化作平常。

我在以前的文章裡寫過我會和爸爸討論他的骨灰分幾份，每份放哪裡。我媽一聽就氣得不行，不准我和爸爸討論這樣的話題，說年紀大了，聽不了這些，難受。我就對我媽說：「我也把妳的骨灰帶在身上，大家一起走，幫妳買既好看又貴的骨灰盒。」

我媽就說：「那我不要紅色的盒子，嚇人。」
我說：「行行行，不買紅色。」

我媽是個特別有趣的人。
有一回我們一大家子人去吃飯，吃完飯大家在櫃檯輸入自己的車牌號碼免費停車。
大家全都輸入完了，只有我媽一遍一遍的試。
我媽著急了，一臉無辜的看著我說：「怎麼辦，年紀大了，怎麼連自己的車牌號碼都不記得了？」
我安慰她：「沒事沒事，是不是妳記錯了，記成了我之前的那個？」
我媽想了想，覺得有可能，於是又輸入，還是錯了。
她來來回回輸入了十幾次，我爸很不耐煩，我媽都快哭了。
我就說：「算了，沒事，不弄了，咱們直接付停車費吧，也就幾塊錢，走吧！」

我媽很喪氣的走到門口，突然停下來，用力「噢」了一聲。

我連忙制止她：「別弄了，我們走吧，沒事的，媽媽！」

我媽看著我真摯的說：「難怪輸不進去！我今天就沒有開車來，我是坐你小姑的車來的！」

我媽當了三十年護士，六十歲退休，六十三歲考駕照，六十五歲去樂齡大學學古箏，七十歲和同學們代表我們城市的樂齡大學參加全國古箏比賽，拿到了全國第二名。

我爸六十歲退休後，先去援疆了一段時間，然後又被返聘，負責醫院的專家門診。

我媽就每天開車送他上下班，直到今天。

看到他倆現在相處的模樣，我都會懷疑以前的記憶。

以前他倆幾乎是每天吵架，一早一晚，毫不在意鄰居們的看法，更不把我當回事。

他倆隔三差五簽一次離婚協議，我從一開始哭著求我媽不要離婚，到後來是隨便吧，趕快離了，也別再吵了，還我個清淨。

我甚至記得我在北京好幾年後，有一年國慶日，放假最後一天，他倆非要在我面前表演離婚。

那時我都三十歲了，他倆都六十歲了，我想著如果不盡快解決這個問題，下半輩子可夠我受的。我只能跟老闆再請兩天假，我必須讓他倆離了再回北京。

老闆也惱了：「公司那麼多事還沒弄完，你七天假還不夠，還要繼續玩！你到底有沒有責任心！」

我硬著頭皮回覆老闆：「我父母離婚，我得讓他倆離了再回來！」

老闆沒再回我訊息，大概他也覺得這個理由真是非常莫名其妙又令人不知所措吧。

結果呢，晚上他倆又和好了，我真的被氣瘋了。

我說：「你倆演吧，我不陪你倆玩了，我被你們折磨幾十年了，你們沒膩，我已經膩了，再見。」我收拾行李就住到旅館去了。

那次我幾乎是哭著告訴他倆，小時候我的心理陰影有多大。有時我媽為了制止我爸喝酒，大白天自己在家裡把自己灌醉，我放學一回來就是滿屋子酒味，我媽躺在角落，一動不動，我好幾次以為她死了，號哭著打電話給我爸。我爸一回來，她就醒來了，周而復始。

我真不知道到底應該怪我媽太喜歡演戲，還是怪我爸太喜歡交際，我被夾在中間不知所措，可能這也是我想逃離的原因之一吧。

我說：「如果你倆再這樣，我就再也不回這個家了。」

現在朋友看見我和我父母的相處覺得很羨慕，說：「你家真幸福啊。」

我心想，哪有什麼幸福的家庭，不都是每個人不放棄才熬過來的？他們不放棄我，讓我遠行。我不放棄他們，讓他倆演戲。他倆不放棄彼此，相互依靠。

很多事情啊，都需要靠時間才能得出更好的解釋。

我曾覺得父母的關係像刀與劍，刀劍亂舞，相愛相殺。

而時間告訴我，父母是刀和筆，刀筆相生，如雕龍鳳。

這一屋子的雞毛飛絮，最終如塵埃落定，波瀾不驚。這一椿名為「家庭」的笨椿，最終也被雕刻得栩栩如生。

有一天，我爸對我說：「只要我還沒走，你就永遠是小孩。」

父母在，我們不懼怕活著。

父母走了，我們不懼怕死亡。

他們在的任何地方，一切都是小事。

我似乎從未離開過

外地的朋友跟我回郴州玩時，感慨：「『郴』這個字真的很少見。」我說：「當然，從秦朝開始有紀錄至今，這個字只有一個意思，就是我們這片土地。」

語氣中帶著一絲得意。

我突然意識到，我怎麼變了呢？又是從什麼時候變了的呢？

我從討厭介紹家鄉的這個生僻字，到為這個字兩千多年的專屬感到驕傲。

從恨不得再也不回家鄉，到每年都要帶好多朋友回來旅行。

從斬釘截鐵的對父母說「這座城市沒有適合我生活的土壤」，到信誓旦旦的跟同事說「我的家鄉真的很適合拍攝影視作品」。

這些潤物細無聲的改變都是如何發生的，連我自己都說不清楚。

大概是真的到了某個年紀才意識到，那些人生裡無論如何都追不到的東西，家鄉早就準備好了替代品。

在大城市和朋友大吵一架，那就是吵完架，還要收拾人際關係的爛攤子。在家鄉和朋友大吵一架，那不是大吵一架，是把自己咬爛了嚼碎了啐對方臉上，讓對方看到、聞到自己的真心。

在大城市爭吵大概要爭個輸贏。

在家鄉爭吵大概會吵到涕淚橫流。

這之間的區別可能就是：身在異地，我們學會了什麼叫體面，知道自己無論如何要保持一點姿態，受了委屈也得忍著，眼淚只能留給自己；而在家鄉，無論是摔到了溝裡，還是躺在了荒郊野地，哭得撕心裂肺，總有人走過來抱抱你，安慰你。

當我後來真的帶著同事們踏上這片土地為電視劇或電影勘景時，內心不禁感慨萬千。

站在蘇仙嶺遠眺霧氣消散的故鄉，那呼嘯而來的風聲似曾相識，好像是家鄉在問我：「你還討厭這裡嗎？」

我說：「現在我才明白，我不是討厭你，我是討厭曾經那樣的自己。我離開你，也是想擺脫那樣的自己。但你看，我長大了，我變了，我回來了。」

每一塊故土都見慣了人來人往，生生死死。每一塊故土也都被人誤讀，像一本沉重的歷史書，一頁頁被翻動，卻難以被完全理解。在這片土地上，在這兩千多年的風中，有多少個故事被吹散，帶著餘韻消失在山野之間。這土地的每一寸都沉澱過悲歡離合，承載過夢想與堅持。

一年四季，冬藏春生，土地總會準備新的土壤讓年輕人生長，也總把過往越藏越深。只是年輕的我們快速發芽，快速掙脫，快速離開。匆匆而過，看似熟悉故土，卻鮮有人在離開時真正讀懂它。

多年後，我帶著同事們站在鐵道的天橋上，看著南來北往的列車說起自己每日放學後的心境，居然有淚水潤溼了眼眶。

一輛列車緩緩北上，我看見一位眼熟的少年趴在座位上看著窗外發呆，那不就是十八歲的我嗎？正乘著列車奔往他鄉，眼裡有憧憬又有迷茫。

我站在橋頭用力朝他揮手，在心裡告訴他：「未來的你能憑能力逃開一切，也能在異鄉腳踏實地的生活，你理解了父親，你會回來重新閱讀故鄉這本書。無論你飛了多久多遠，都不用擔心自己沒有根，你身上有一根線，線的一頭拽著你，另一頭在故鄉的手裡。」

寫在出版之前：

這篇文章寫完後，就放在資料夾裡沒有再讀。

再讀的時候，如同做夢一般，甚至都想不起自己是在怎樣的心境下打完了以上的文字。我想大概是在夢裡回去了很多次，在曙光熹微時帶回了幾捧故土，溫潤厚重的泥土芬芳隨著回憶一點一點的迸發而出。

我曾在文章裡寫過一間卡拉OK廳，我每次回家鄉都會去那。所有客人都坐在大廳，十幾桌，每桌輪流唱歌，唱得好大家掌聲熱烈，唱得不好大家掌聲更熱烈，嘻嘻哈哈笑成一團。我喜歡這裡，它把這座城市八〇年代的回憶一直延續至今，置身其中就好像自己在回憶裡從來沒有離開過。我所有的外地好朋友都跟我來過這，包括幾位唱歌很好、職業是歌手的朋友。當他們拿起麥克風，在這樣一個大廳唱出自己的作品時，其他客人一片驚呼，猜測是否真的是原唱，然後用力鼓掌，遙遙舉杯卻不打擾，我滿腦子只有三個字：真好啊。

只是可惜，前段時間朋友告訴我這間卡拉OK廳扛住了疫情三年，卻沒有扛過客人們的日漸遺忘，宣布停止營業了。

但我總覺得它還會重生的。

我寫過的停車場熱炒店老闆娘，我在異鄉闖蕩時，她也在故鄉埋頭開墾自己的路。現在她的店成了我們這座城市最有名的餐飲店，分店開了好幾家。她對我說，有一天一桌客人吃完之後，看見了她，就問她是不是敏姐。她說是，客人問能不能抱抱她。客人說看過我寫的文章，覺得敏姐很有力量，想要抱一抱，感受一下。

我記得有天夜裡，我和同事們叫車回劇組。

計程車司機聽我們用普通話聊天，就問我們從哪裡來，是做什麼的。

同事說我們從北京來，來郴州拍電影。

計程車司機突然很興奮，對同事說：「你知道嗎？我們郴州有個小夥子，是個作家，也在北京工作，叫劉同。他以前也在郴州拍過電視劇。謝謝你們來我們這裡拍攝，你們的作品叫什麼名字？等上映了之後，我一定去看。」

路上，計程車司機一直跟我們介紹郴州的風景美食，我打開窗看著窗外飛馳而過的街景，覺得一切都很好。

下車之後，我對司機說：「謝謝你，我一定會向劉同好好學習的，盡可能把郴州拍得更美！」

年輕時有多想逃離家鄉，現在就有多想那裡的一草一木、一橋一溪。

如果有一天，你來到我的家鄉湖南郴州，在街上遇見我，請打個招呼，我肯定會請你吃一碗又辣又香又燙的魚粉。

那我們就化作一支箭，破風去
——寫給三十歲自己的一封信

三十歲的劉同：

我們不是常有一種錯覺嗎？覺得某些事情早已發生過，自己甚至能預測到事件的走向，只是這種錯覺的時間很短，短到當你意識到它存在的時候，便已經結束了。

後來我查了一下，這種看起來似乎沒有意義，被稱為「既視感（déja vu）」的感覺被科學解釋為大腦的錯覺，但也有人更願意相信那是另一個平行宇宙的你發生過的事，或者是我們的人生一次一次被重置，但記憶系統裡依稀還殘留著一些什麼。

這些年，我依然偶有這樣的錯覺，我想那大概是未來的我們給現在的我們的提醒，雖解決不了什麼問題，卻能讓我更有底氣往未來的生活裡前進——一切我們都曾經歷過，克服過。

你三十歲那年，為二十歲的我們寫了一封信，那封信被作為《誰的青春不迷茫》的序言出版，那時的真誠讓很多年輕人得到了心靈上的慰藉。

而我今天給你寫這封信，也是那時你與每個十年後的我們做的約定。

這是我們人生的第二封十年來信，想和你聊聊三十歲之後至今十二年間我的改變和覺悟。

你大概會好奇，為何這封信是由四十二歲的劉同來執筆，四十歲的劉同呢？他去哪兒了？為何沒能遵守十年的承諾？

四十歲的他，在那個年紀也確實寫了一封信，但沒有寫給你，而是寫給了我們的父母，那是一封「寫在四十歲的遺書」。但你大可放心，他並不是想和這個世界告別，信裡沒有任何人生敗局，也無落魄頹廢，他只是想知道人生過半，如果生命真的終結在四十歲那一天，回望過往，他會覺得遺憾嗎？

如果說那封遺書是在整理過去，那麼這封由我寫給你的信，則是在帶你走向未來。

或許你又疑惑，四十一歲的劉同呢？為什麼他不寫？

那是因為四十一歲的我們正經歷著生而為人以來最大的困擾，他被焦慮包圍，在意各種聲音、他人看法，心也不夠靜，整天與周圍人比較，壞情緒將他壓得死死的。

雖然從小就有髮際線高、頭髮稀疏的困擾，但四十一歲的我們依然掉了人生裡最多的頭髮，失了最長的眠，睜著眼迎來了最多的日出，遭遇了最長時間的耳鳴。應該說四十一歲的我們感受了處於最低谷的人生。

他總以為是因為那一年的他做了很多錯事、很多錯誤決定，甚至覺得是那一年的他情緒不夠穩定造成的，但我們都知道，那是長年累月的積累，就像這本書最開始寫的那樣——我們早已在不經意間被藤壺寄生了，步伐越來越慢，直至其壓垮了四十一歲的我們。

但暫不提他，你也不必過多擔心，你從我的語氣裡應該知道，四十二歲的我終於跨越了這一關，穿過了雲層，熬過了冷雨，躲過了落石，撐過了低氧，正在前往另一座山峰。

從你的三十歲，到我的四十二歲，這一晃十二年，我變了很多，我先從重要的說起。

那時你覺得三十歲對成年人來說，是一個重要的時間點，它意味著你已經脫離了年輕人的範疇。如果之前犯了錯誤，無論多少次，裁判只會裁定為試跑。但三十歲之後再犯同樣的錯誤，裁判會直接判定為犯規，將你罰下場。

三十歲之前做很多事情，你都毫無顧忌，錯了也不覺得會帶來多大的後果。可三十歲後，你害怕犯錯，你開始覺得社會對你的容忍度變低。也正是這種害怕出錯的心理，導致你很難再像以往那樣不管不顧。

有人覺得你穩重了許多，但我們自己心裡很清楚，這種穩重背後藏著怯弱與輸不起。

你在年少時期，非常抗拒外人說你浮躁，批評你不識相，認為你說話辦事就像永遠長不大一樣。你暗暗向那些看起來很酷的男同學學習，也總是只學到了皮毛，沒幾分鐘便露出馬腳，一個轉身就跑到九霄雲外了。可三十歲之後，你突然明白了，以前那些很酷的男同學只是懂事太早，早早就揹上了殼，將自己藏在自己都忘記在哪兒的密室裡，就像此刻的你。

你不知道為何自己的步履變得沉重無比。

彷彿過了三十歲，一夜之間，這個社會對三十歲的要求全都浮現了，你需要有專業能力，要有抗壓性，需要有一定的積蓄，要為自己買好各種商業保險，最好要在一家不錯的公司，有一個說起來很特別的愛好，有一個經營得不錯的自媒體帳號。如果你還想顯得更傳統、更穩重，你就必須結婚，有清晰的生育計畫，要有自己的信仰。如果你在大城市工作，那就應該拿到那個城市的戶口。

二十九歲時，你覺得自己只是個孩子，不是生理上的，而是認知上的。二十四歲時，你進入一家公司，除了有幾年的工作經驗之外，你對外部的世界並不清楚。

你弄不清個人所得稅，弄不清租房的押一付三為何總是拿不回押的一，你不知道為何裝修的預算總是會超出那麼多，你看新聞底下的評論覺得自己和他們身處不同世界，你被主管穿了好多年小鞋，依然學不會反抗，只能慢慢將小鞋撐成了合適的鞋。你分不清楚到底是鞋真的被你撐大了，還是你的腳被裹小了。

就算你每個月的工資略有盈餘，你也弄不清什麼是理財。基金和股票的區別你好不容易弄清了，又被理財型保險和保障型保險弄暈了。投資的比例到底是多少，退休計畫又應該如何進行？

眼下的工作是你喜歡的，但你又如何保證這個行業會一直繁榮？如果過了三十歲，你依然沒有升到中高管理層，你被取代後又應該去做什麼？三十歲自我困擾後，又多了一個三十五歲裁員危機，如果有幸沒有被裁，四十歲的你除了忠誠得像狗，還能為公司提供些什麼？

每年放在你辦公桌上的免費體檢單都顯得刺眼，不到最後一天，你根本不想預約。不去，感覺浪費了一筆體檢金；去了，多半又讓自己心驚膽戰很久很久。萬一查出點什麼，治嗎？你缺錢，但你更缺的是自己可以自由支配的時間。

胃鏡痛苦，腸鏡不舒服，全身麻醉又太貴。

相親顯得可笑，而自己又太懶，交友軟體上聊幾句就嫌煩。

滑社群浪費時間，看見訊息通知又不停的想點。

知道刷抖音上癮，總是責備自己，卻不知道一個人埋怨自己也會上癮。

不懂持家，購物節清空所有購物車就認為是節儉，卻發現網路上一天到晚全是節，光棍節、情人節尚能理解，零食節、消夜節還能共情，後來的禿頭節之類讓你覺得自己宛如智障。

就這樣，人生一晃過了四十歲，今天的我仍然弄不懂很多東西，我明明懂得那麼少，可外界覺得我已經太老。

說到這兒，我倒是有幾件讓你喜悅的事。

你二十多歲辦了很多次健身卡，沒有一次堅持使用過百分之十，要麼是你辦了不去，要麼就是你想起來終於要去了，健身房已經開不下去倒閉了。但三十三歲的我，決意要真的運動了，然後從那天到今天，快十年了，我幾乎每天都要運動兩小時。所以現在的我比那時的你，看起來更自信、更瀟灑了啊。

你一直沒錢、沒時間矯正的牙齒，三十八歲的我去矯正了，戴了兩年隱形牙套，現在大笑起來也不用刻意用手去遮擋了。你擔心的髮際線，我也早在幾年前看了醫生，開了藥，堅持早晚噴，效果不錯，起碼比我們家老爸四十多歲時頭髮茂盛。

你二十四歲失敗的研究生考試，我在疫情期間又撿起來了。你最擔心的英語全國統考我已經考過，現在還差一堂專業課，明年初通過的話，我就幫你拿到研究生的學歷證明了。

這幾年，我做了很多你很想做，卻一直沒做的事。

我學了滑板，代價是一點破皮流血和小指骨裂。

我學了衝浪，但頭髮太少，海水一泡，我怕直接就禿了，很遺憾放棄了。

我花了一週的時間，去海邊的俱樂部報了個潛水班，背了理論，考過了海底十二公尺潛水、十公尺水中救援專案，拿到國際自由潛水發展協會（International Association for the Development of Apnea，簡稱ＡＩＤＡ）二星的自由潛水證。

三十七歲那年，我請了三個月的假去國外學習英語，雖然回來時，語法和詞彙量並沒有增加，但有了隨時開口說英文的勇氣。那三個月大概是我們人生中走得最遠的三個月，認識了很多新朋友，見到了很多新的風景，感受到了活著的更多意義。

很多人好奇，為什麼我都四十二歲了，還老想著做這些有的沒的？

前兩天，一位同事抽了一個週末，自己去了一趟雲南。回來之後他感慨了一句：「我居然三十六歲才第一次為自己旅行。」

我突然就被「為自己」那三個字給打動了。

十八歲前你在準備高考，大學四年你在準備找工作，畢業了你要了解工作和職業的區別，為自己規畫長期路線，那點工資要填補人生大大小小的漏洞，從不敢揮霍。後來有了一點點積蓄，別人說要存一些以防萬一，要拿出一些做點理財，其實你什麼都不懂，就一直跟著別人的意見追啊追、趕啊趕，你也不知道自己在趕什麼。

三十歲前，社會告訴你必須戀愛、組成家庭，凡事必須自律，才能三十而立，三十歲立住了三十五歲之後才能繼續留在行業裡。很多人就這麼懵懵懂懂的一路走了過來，一直在平衡自己和社會的關係，你也一樣。

後來當我們的人生終於有了起色，積蓄也有了盈餘時，我想，我得為我們，為自己純粹的做一些事情。

當我決定為自己買個樂器，報個培訓班，做個計畫時，那種感覺就跟三十六歲的同事一個人逃出去旅行一樣，我在哄自己開心。

我的心情無比愉悅，不是因為花錢不心疼，而是我真的學會了為自己，誰指責我都不管用。

我為我們創造了很多新的人生體驗。這個時代早就變了，人的壽命都是很長的，晚點去完成別人的期待也沒關係。而這個時代，意外也是很多的，早點體驗一下為自己的感覺是很快樂的。

那些你沒有時間去做的，我都盡量彌補了。

還有一些令你喪失膽量的，我也盡量在重建了。

比如，你青春期因幾次失敗的戀愛而崩壞的自信，那些斷壁殘垣也被對的人修復得幾乎看不出痕跡。

倒不是因為我花了更多的時間去琢磨什麼是愛情，而是經過了你那幾次不圓滿的戀愛經歷（說是戀愛經歷，我恐怕都是在為我們的幼稚挽回顏面，其實那幾次都算不上什麼戀愛經歷，只是我們放不下的糾纏而已）。現在回想起來，之前每一次的失敗，當你邁出第一步時，心裡早就有了答案，那份忐忑和不安就是你的答案。

周圍的朋友早就看出來了，你們不合適，你們不是一個世界的人，但你總不信，覺得靠時間和彼此的努力，會達成對未來的共識。

可憐的是，那時的你既沒有足夠的魅力，也沒找到人生的重心，你甚至覺得提錢都是庸俗的。你只有一張說道理的嘴和一顆不服氣的心，除了我們自己，誰又能看得起你，誰又願意花時間幫我們看清？

一句流行語多適合那時的你——「智者不入愛河，愚者重蹈覆轍，薄情的風生水起，深情的挫骨揚灰」。你總是在扮演深情，實質上你除了扮演深情，也給予不了什麼，但你把自己也騙過了。

你曾以為自己在愛情裡總是被辜負，我也曾因此自覺難堪。

但從更年輕的我們身上，我也學到了很多。

我不再主動表示好感。

聊了一句，如果沒有回覆，也絕不再聊第二句。

提醒過的問題，如果出現第二次，就拉倒。

若是察覺對方撒謊，便篤定以自己的智商以後也絕對會被騙得團團轉，不接受任何道歉。

我朝另一個極端發展，我不再與人周旋，也不願再用熱情將一鍋涼水煮沸。

我不再給人寫長之又長的情書，傳簡訊也盡量點到為止。

我怕自己的喜歡如蟻穴潰堤，怕自己的欣賞溢於言表如落九天的千里銀河。

王爾德（Oscar Wilde）的《深淵書簡》（*De Profundis*）中用了大量的細節來抨擊情人是如何讓他一步一步身陷囹圄的，然而他卻表示，跌落這般處境，並非因為別人——你無法毀了我，是我毀了自己。

他很清楚，對方無論多壞，心思多歹毒，都不可能騙過自己。他是在知曉一切的前提下與惡魔共舞。所以他願意為自己的錯誤買單，並不怪罪他人。

多數在愛裡一蹶不振的人，牌技不行硬上牌桌，決意賭上一切，輸了，卻怪自己拿了一手爛牌。

爛牌也有好打法，但亮出底牌給對方卻自詡追求極致的真誠，實則愚蠢。

真誠這張牌，配合別的牌一起出是王牌，唯獨單獨出時，是張爛牌。

總之，你不用為此擔心我。

你二十七歲時養了一隻貴賓叫同喜，三十五歲時我怕同喜獨自在家裡太寂寞，又幫牠找了一個弟弟二白，也是貴賓。今年同喜十五歲了，二白七歲了，牠倆活蹦亂跳，你大可放心。那時你養寵物最大的原因是想提前進入父親的角色，培養自己早回家、少生氣、有耐心的習性，這些後來我確實也都做得不錯。所以很感謝你當初做的這個決定，至於孩子如何，恐怕要讓四十五歲的劉同來寫信彙報了。

再說說兩年前人生的低谷吧，之所以身體和精神狀態都出現問題，原因多樣，但各種原因總結起來只有一個根本性問題——你總是拿自己的挫敗和周圍的人去比較，覺得自己處處不如人，覺得自己一無是處，對未來充滿恐懼，對自己充滿失望。

這聽起來似乎是一個很好解決的問題，我甚至能想像三十歲的你聽見有朋友詢問這樣的困擾，你會回答：「為什麼要和別人比？你能不能多和過去的自己比一比？」

但人一旦陷入某種情緒，就會對那種情緒上癮。

過程就不贅述了，最終讓四十二歲的我得以從困境中逃脫的原因是四十一歲時關閉了社群平臺，不再把目光放在其他人身上，不去打聽別人的工作，不去看網路上的各種消息，堅定的執行一句話——和他人比較是不幸的開始。

這句話多麼簡單直接，年輕的你看到這一句話，可能都會覺得它不值得被唸出來。

但人往往是這樣，總是在摔倒後才發現絆倒自己的是一隻大象。

和人比較是虛無的，想像自己好或不夠好也是虛無的，人一旦進入虛無，情緒就會變得陰晴不定，像暴雨天的風箏，隨時有斷線的可能。最好的方式就是收線，不用飛那麼高拓展視野，也不用飛那麼高被人觀賞，你得把自己牢牢的拽在手裡，哪裡都別去，就會產生踏實的感覺。

然後你回歸了具體的生活。

什麼叫具體的生活呢？

比如，有時候你覺得自己不幸福。

但你沒有生病，有一份能養活自己的工作，能隔三差五和父母通個電話，有時煩了還會先掛了他們的電話。

你在外賣軟體上收藏了很多家餐廳，一直輪流換著點。

週末犯懶的話，你可以在床上躺一整天，沒有任何人會打擾你。

你想釋放情緒的時候，就找出一部電影。

經過書店的時候，你想起自己很久沒閱讀了，於是買了幾本書。

一件新的T恤能讓你心情好很多。

飲品第二杯半價的話，那就買兩杯，喝一杯留一杯。

偶然目睹天邊晚霞，於是你拍幾張照片發在社群平臺，每個讚都讓你覺得自己的攝影真有品味。

風來了，你想起一件小事。

雨下了，路上有人跑了起來，你不緊不慢，很想淋一陣雨。

買半個西瓜，你盤腿坐在沙發上，用勺子在中間轉了一個很完美的圈圈。

玻璃上有雨滴，你拍了下來，背景一片模糊，就好像十七、八歲走向世界的自己。

聽到一首好聽的當日推薦歌曲，你點讚下載，曲庫裡又多了一首歌曲可以藏一點心情和祕密。

租了一輛腳踏車，座椅的高矮無須調節，剛好合適，你用力蹬了幾腳，好像就能比旁人多走幾步。

人生很輕，似乎都是這些可有可無的小事，似乎吹一口氣就能被打回原形。而人生很新，這些每天重複發生的小事，恰恰是我們要拚盡全力才能擁有的寧靜。

閱讀一段美好的文字，遇見一個相視一笑的朋友，和自己的心聊上幾句，天不會塌，路也不會有盡頭，黑暗就要變成黎明。其實我們不必總是眉頭緊鎖，總去擔心還沒來的失敗，還未到的結局，把目光集中在種種小事裡，就很幸福了。

你看，這些是不是就顯得很具體？

當我把目光重新聚焦在自己身上，每天能寫上幾千字，寫出一個自己很喜歡的句子時，我突然又找到了和每一個年齡的我們溝通的方式。過去的兩年，當我一直沒有重心的飄著時，我已經很難安下心來記錄東西了，我找不到和自己交流的方式，你們也無法再從文字中跳出來幫我出主意，叫醒我的混沌。那一個一個字，就是我和你之間最具體的信號。每天做的一些新鮮具體的小事，就是讓我慢慢收線，不突兀又不魯莽的力量。

你運氣最好的是，無論這些年經歷了什麼，父母總是在背後支持你，不給你壓力，遠遠的看著你。他們身體健康，自得其樂。

你三十歲寫的文章裡，多多少少還帶著一些少年時期對父母的怨氣。但你知道嗎？如果不是因為有這樣的父母，我們根本走不到這裡。

我剛剛和你說現在我學會了「為自己」，那是因為我現在還沒有足夠多的牽掛，我還能趁現在多為自己。我能想像到，當我有了孩子時，我的心就再難跑遠，只會繫在他的身上，無論他去哪兒，我的心都會被揪著。

所以我們的父母也是一樣的，從孩子生下來那天開始，他們就沒有了自己，他們的擔心嘮叨、自作主張、多此一舉，全都是為了孩子。

你煩起來，一年都不想和他們聯繫，你過你自由的人生，你希望父母也去過自己的日子，別老盯著你。只是你不曾想到，你離開家那一天，你是帶著他們的心出來的，你不回去，他們如何放心，心又能放在哪裡？

現在的我，只能盡量去靠近父母的心境。只有當我真正成為父母那一天，我才能百分之百的理解他們。

最後，我要感謝三十歲的你。

你仔細聽一聽，也會為此刻的你感到驕傲的。

三十歲，你一直在思考要不要回家鄉發展。你在大城市前看不見村，旁尋不著店，唯有回鄉這一條路上的車轍清晰可見。你當時的計畫是，有好些年大城市的工作經驗，回去找個工作或創業，多少能被家鄉人高看一眼，總比漂在大城市，時常缺乏存在感好。

你總是問自己：都三十歲了，人生在努力下變得更好了嗎？父母年紀也大了，自己能為他們換一套更大一點的房子嗎？於是你為了多一些積蓄，挖空心思掙錢，你嘗試了很多方式，無一成功。

你和朋友開文化公司，幫人做婚禮策劃，替雜誌撰寫稿件，在老家開服裝店，你來負責進貨……這些事讓你心力交瘁又鞭長莫及，稍微走上正軌都會影響正經工作，終究不是長久之計。你那時最大的優點就是想做什麼立刻就做，很少躊躇不前，覺得什麼行不通就會立刻放棄，也絕不會因為不甘心而拖泥帶水。

你膽小，不敢去碰有風險的事。也正因為你膽小，你從不碰那些看起來是天上掉餡餅的事。你一直謹記一句家鄉的老話：「天上一個餡餅，地上一個陷阱。」如果周圍有人吃到了餡餅，也沒有踩到陷阱，那一定有個更大的陷阱。

那時你認為三十歲是人生最大的坎，處於一種春季和夏季努力生長，卻不知道秋季來臨自己是否能結果的心情。

你大學畢業後一直堅持寫東西，出版了一些作品，銷量差得不行，讀者寥寥無幾。

常有人笑話你，說看不懂你寫的東西，也不知道你一直做這件事情的意義。

你倒十分隨意，覺得寫作對你而言，只是釋放情緒的出口而已，並不需要賦予更多的意義。

有約稿就寫稿，沒約稿就寫日記。從大學畢業到三十二歲，你一直堅持在寫日記。

把每日的自己拆成文字，一目瞭然。工作初期，你常帶著或憤怒或不解下筆，洋洋灑灑一、兩千字，收筆時卻意外的在文字中看到了一條人生明徑。

你所有的情緒都消解在文字裡，像冰融於海裡，像風托起機翼，遣詞造句都毫不講究，如入無人之境，胡亂來，盡情寫，反正你只是寫給自己看而已。

只是你三十二歲那年，出版社編輯突然對你說，她看完了你的日記，莫名其妙的很感動。

她說這種莫名其妙的感動來自一個對未來毫無信心的年輕人用力的掙扎，明明很無力卻又假裝自己很有勇氣，總是受到外界的委屈還要躲起來一個勁的安慰自己；不知道出口在哪裡，但告訴自己起碼先做到腳踏實地。

你的擺爛不是真擺爛，你只是爛給別人看，但心裡的擺錘從未耽擱過一秒，心裡有數得很。

你的躺平也並非真躺平，你只是躺在回憶裡，暫時平復一會兒自己的心情。

在你十年的日記裡，你呈現出了大多數普通年輕人的通病，甚至表現得更為矯情。

在編輯的建議下，你重新閱讀了過去的日記，就像今天的我和你促膝長談般，你把自己多年後的閱讀感受寫在了每一篇日記的後面，想起離開家，進入大學，選擇北漂的種種，時常紅了眼眶。

你本很討厭過去的自己——顯得精明又過於算計，明明得不到還假裝不想要，沒有人格魅力又總想獲得他人的注意。那種求生的可憐勁卻在多年後讓你意識到了自己成長的不易。

你決定毫無保留的公開這些文字，也知道會遭受一些非議，但也許會因此找到更多同類。你不暴露自己，別人又怎能看見你？

再說了，這世上本就有很多事的成敗，與能力無關，卻跟勇氣掛鉤。

這本書叫《誰的青春不迷茫》，出版後，讓寫了十三年文字的你，突然被看見了。

此後，我也沒有讓你失望，保持我們的約定，幾乎每兩年出版一本作品，這是我們之間的時光機。

我也曾感慨，為什麼人生的路越走越窄？

寫完這封信，我內心平靜，知道就算未來的路越來越窄也沒問題，只要路一直還在，能延伸向遠方，哪怕它窄成一條線也沒問題。

那我們就化作一支箭，破風去。

四十二歲的我

寫在出版之前：

前兩天我滿四十三歲，傳生日祝福的朋友很少，我心裡的負擔和壓力便也小了。不是友情越來越淡了，而是每次朋友傳生日祝福給我時，我都說別傳啦，今天只是很普通的一天。我不喜歡參加別人的生日聚會，因為總是要為買禮物頭疼，還浪費錢。我也不喜歡自己過生日，覺得沒有任何慶祝的必要。

唯一值得紀念的是，四十二歲的我是如何度過的。

我一直有個奇怪的想法，也把它寫成了故事，如果有可能，將來沒準還能拍成電影。

我一直覺得每個人都是由很多個不同的自己組成的，比如我吧，今年四十三歲了，所以我是由四十三個劉同組成的。不同歲數的劉同負責守護相應數字的那一年，然後每年生日那天，將發光的靈魂呵護至下一個歲數的自己。

但也有人，也許活了四十年，卻只有二十個他。這就意味著，在他二十歲那年，遭遇了某些挫折，二十歲的他並沒有順利的和二十一歲的他交接，以至於後面每一個看似長大的自己，手裡並沒有捧著他的心，他的心還留在二十歲的自己那兒，一直沒有走出來。

童年的陰影、學業的打擊、進入社會的挫折，都把人打得措手不及，要走出心理的陰影，勢必要找回當年出走的那個自己。把他帶回來，把他手裡的那顆心帶回來。

四十二歲的我，一直在幫助四十一歲的我走出沼澤地，不讓我困在一個情緒裡太久。

雖然我們每年都在長大，哪怕不努力，人生也會繼續，但不要把自己的心忘在自己也不記得的地方。

自語

有人問：自己三十歲，沒結婚、沒戀愛、沒升職、沒未來，什麼都沒有，每天醒來都焦慮，這樣的人生是否還值得過下去？

我想起之前看過的一首小詩：

不要急，

沒有一朵花，從一開始就是花。

也不要囂張，

沒有一朵花，到最後還是花。

我把這首詩送給了她。

人生本無永久順境，人人都在等待一場屬於自己的春風，再歷經春夏秋冬。

你的人生不是只有一次四季，只要你懷揣著心裡的那顆種子，低頭滋養它，那就是你一次又一次的春天。

第二章

晴雨交加

曾看過一句話：「除生病以外，你所感受的痛苦，都是你的價值觀帶給你，而非真實存在的。」所以我也常對自己說：「除健康以外，我所體驗到的快樂，都是自己內心的感受和個人價值觀的影響，而非統一存在。」

這樣一來，痛苦並不是真的痛苦，而快樂則成了真的快樂。

無數次我覺得自己的人生要完蛋了，後來發現只要自己還活著，人生就不會完蛋，一定會柳暗花明，絕處逢生。但這種花明和逢生不是我的環境突然改變了，而是我突然對很多事想通了。人生不會走進死胡同，但情緒會。

晴雨交加，不是你通往世界路上的極端天氣，而是在這條路上，你和自己內心的對抗。

但你最終能夠在雨天偷出一段時間將其編織成繩，去晾乾自己的衣裳。

你的舊傷口總會找到新的OK繃

每個人的人生都是自己寫的一本書，此時的你寫到了第幾章第幾行？是否一直在某個章節打轉，無論如何都寫不完？又或者在某個段落字字斟酌，塗塗改改，重複書寫那三兩行？

我第一次意識到「人生需要翻篇」是來源於我父母長年累月對同一個問題的爭吵。

每次我媽回到爸爸的老家過年，總是會突然悶悶不樂。原因我從小學就了解得一清二楚，我爸媽剛結婚那會兒，爺爺奶奶對媽媽的態度不好，大概是說了一句：「娶了個老婆，丟了個兒子。」加上媽媽的家人都在江西，離她很遠，所以她的孤單也就讓一切的相處細節都變得意味深長。

在我的印象當中，爸爸是解釋過很多遍的，說那時剛成家，自己什麼也不懂，忽略了爺爺奶奶，他們說出那樣的話只是氣話，不能一直抓著不放。奶奶也好，姑姑也罷，都跟媽媽解釋過很多次。

但不知怎的，或許是觸景生情，每次回到爸爸老家過年，媽媽就想起那些不愉快。

他們年年吵，次次吵，從我小學吵到大學畢業，作為兒子的我，不堪重負。我不太能理解為什麼同一個話題可以吵一輩子。

直到幾年前，奶奶走了，當媽媽再度提起過去時，爸爸說了一句：「我媽走了，這件事也該翻篇了。」

原來，翻篇是這麼用的。

人們肉眼可見的看時間把某件事翻來覆去打磨成了光滑的鵝卵石，當事人雙方將它不停拾起來反覆擲向對方。當事件本身的當事人紛紛離場後，真相似乎也變得沒那麼重要了。最後將這塊石頭扔向遠方，只能在記憶的水面上激起層層漣漪，水波慢慢消散，鵝卵石沉於水底，成為歷史的某個部分。

爸爸說完那句話後，媽媽果然沒再說什麼，狠狠的在房間裡哭了一場。他們將手裡的最後一塊石頭打出喧囂，之後又迅速恢復了寧靜。

我同情我媽，理解我爸，也為爺爺奶奶感到不值得。

最終，結束這件事情的，不是某個段落或句子，不是一笑泯恩仇的皆大歡喜，而是命運將這一頁硬生生翻了過去。翻了篇就是救贖。

有時聊起人生過往，尤其是令人難過的部分，除了那些用文字刻意記錄當作教訓的部分，其餘的我統統記不住。我曾一度以為自己臉皮夠厚，心夠糙，很難有事情可以傷害到我。但我明明又是ＩＮＦＪ（十六型人格測試中的一種）的性格，敏感又細膩，面對任何細微的不愉快，都像是白襯衣上被後桌同學轉筆時甩了一身墨水。

後來我明白了，我會刻意遺忘讓自己難堪的很多事，不去想，不去琢磨，迅速投入別的事情裡讓自己轉移注意力。既然已於某個現場丟盡臉面，就讓那個不省人事的自己趕快腐爛，化為養料去滋養新的自我，使之更為堅強。

我很少和痛苦的自己死纏爛打，一身泥濘。我深知，造成自己痛苦的，不是那個敏感又愚鈍的自己，而是外界給的壓力，我又怎能責怪自己呢？我所做的一切，都是希望自己變得更好，但做錯了，走歪了，那就重新來過，而不是一直守在角落自責。

只要你放過自己，大腦自然會放過你。最怕你一直躲在過去失敗的陰影裡，任何人要拉你一把，都要步行回你跌落的泥潭旁或走到的岔路上，於你要等待的時間太久，於他人要尋找你隱蔽的藏身之處又太難。

我喜歡的人轉頭喜歡了別人。

我信任的朋友，轉頭欺騙了我。

我以為欣賞我的主管，轉頭就翻臉不認人。

我對世界的認知就在這樣一次又一次的驚訝中變得清晰，當時的我痛苦嗎？答案是肯定的。但人生經歷一次又一次告訴我，只要你願意往前走，還有能力走，就必須一直往前走，因為你一定能遇到新的ＯＫ繃治癒曾經的傷口。

千萬不要因為害怕受傷或受過傷就覺得難以啟齒。

大學時，我對喜歡的人說：「妳是第一個讓我動心的人，這是我第一次覺得喜歡一個人有多快樂。」那個人並不覺得被我喜歡有什麼了不起，甚至都沒追問更多的細節。我就當自己對自己動了心。

工作後，我把喜歡的人送到了車站，又一同乘車把對方送到了目的地。對方把我送到了對面的車站，也乘車把我送回了目的地。那晚我們就這麼靠在公車上看著彼此，互相送來送去。我相信那一晚我們一定是帶著很認真的愛相處的。只是也沒過多久，對方說我們暫時不要聯繫了。我問為何？對方的答案是：「我愛上別人了，心裡糾結。」

我說我可以等一百天。也不管對方是否願意，我便開始了一百天的等待。每天思念對方一次，我就像是「純愛戰士」裡的榮耀王者。

到了一百天，我傳訊息過去：「想好了嗎？」

對方回：「我和他已經在一起了。」

我說：「好的，祝妳幸福。」

倒也沒有哭，就是覺得自己以後不應該再那麼純情了，要放肆、要隨意、要盡興。

可沒過幾年，當一段感情失敗時，我又開始寫純情小作文去告別：「我再也不會像愛妳一樣愛別人。」還跟朋友哭訴：「我再也不會這樣去在乎一個人了。」朋友怕我想不開，帶我出去旅行。我站在郵輪上，看著海面波光粼粼，月亮像雞蛋一樣被打碎在碗裡。

從海上回來，投入工作，決意不再兒女情長、悲悲戚戚。後來，現在這位問我：「遇見我之前，你印象深刻的愛情有哪些？」死去的回憶紛紛詐屍，無數個純愛的我從墳墓裡跳出來組成敢死隊。

「好羞恥啊，不想提。」我說。

但一一回想起來，我覺得自己做的那些看起來愚蠢的告別自有它的意義。在一切翻篇之前，必須親手寫上最後一句話，為這一頁畫上句點。

我在《想為你的深夜放一束煙火》裡寫過自己失敗的第一次網戀。我們並未發生任何實質性的關係，告別前我送了對方一張專輯，希望對方能仔細聽其中某一首歌曲。可惜對方再也沒有回覆過我這個問題，我們也自然失去了聯繫。過了十幾年，我們又在上海虹橋機場相遇，我當時的第一個念頭並不是想走上去介紹自己這些年的改變，證明自己沒當年那麼毛躁了，而是想問對方：「聽了那首歌嗎？感覺怎樣？」

我總覺得任何事，無疾而終都是對未來人生的一種困擾。給出個交代，哪怕不是自己想要的結果，哭過一場，遺憾一陣就了結了。誰的成長不是一場過雲雨呢？

如果你總把自己困在死局裡，就遇不到更有趣的人，也遇不到更好的自己。

感情如此，工作亦是。

家裡人曾問我：「你在北京工作最痛苦的日子是什麼時候？」

我回憶了半天，擠出了一段「牙膏」。

那是我被公司調去廣告部做廣告業務的日子。

大學畢業後，我一直從事電視節目內容的製作，對廣告業務毫無興趣。

但二十七歲那年，我的職場生涯遭遇滑鐵盧，公司把我調去了廣告部。

毫無客戶資源，也沒有任何廣告經驗的我對周圍情況一無所知，直屬主管也不允許同事幫我，我只能自己去找客戶，從零開始摸索。

大學之後，我獨處慣了，寫作是一個人的狂歡，工作只需要把負責的新聞有條理的製作出來即可，無須和人交際。

可做廣告業務需要主動跟客戶推銷和介紹自己，需要給陌生客戶傳訊息、打電話，我那時常常輾轉拿到一個客戶的聯繫方式後，一聯繫發現早已有同事在聯繫了，對方很不耐煩的問：「你們公司內部管理那麼混亂嗎？」

不能碰同事聯繫的客戶，只能開發新客戶。

那時我求得最多的人，是其他媒體做廣告的朋友。他們給我聯繫名單的時候，常會補充一句：「這個客戶剛上任沒多久，脾氣態度都不太好，我們約了幾個月都沒有約到，如果你約到了，也請幫忙搭個線。」

可即使是這樣，也沒有什麼作用。

連夜趕去福建見客戶，卻一直被拒之門外。

跨年夜在客戶辦年會的場地門口等簽約，蹲在街邊的路上吃著半冷不熱的小籠包。

提案失敗，開車回公司的路上，我對同事說：「我們再給自己半年時間吧，不行就轉行算了。」

被派去籌組上海的銷售團隊，自己明明拿著一萬五千元的工資卻面試月薪三萬五千元的同事……。

每一件事都能將那時我的自尊心碾得粉碎，將我對未來的期望置於死地，那大概是我人生走得最彎的一段路。不過我在心裡做了個決定：不再花時間抱怨任何眼下的環境，把所有時間花在工作上，我只給自己一年的時間。做好了，就繼續；做不好，就辭職。絕不能再每天自怨自艾，一小半時間在工作，一大半時間在難過，一年之後不僅學不到什麼，連對自己的絕望都會大打折扣。

我得絕望，人只有徹底絕望過才有足夠的動力去新的土壤求生。

我得讓自己狼狽不堪，只有狼狽不堪後才能苦笑著對身邊人堂堂正正說一句：「拉我一把。」

我也很清楚，這樣的失敗不是我的失敗，而是這條路的失敗，我不會讓自己困在這裡，我要另尋出路。

雖然一切都很黑暗，但總算被我發現了一點微光。

我給很多新客戶打電話，幾乎每次打電話過去，沒介紹兩句就被對方掛斷了，情形完全和現在的電話推銷沒什麼兩樣。我非常迷茫，不知道自己做的事情到底有什麼意義，就去問同行裡那些做得好的朋友：「你每次成功做成一筆業務，需要被拒絕多少次呢？」

朋友人很好，真的坐下來幫我算自己被拒絕的次數。「就拿最近這筆飲料投放來說，我打了兩個月電話，每天都被拒絕，後來終於見了面，客戶讓我一直等他們的需求，有了需求後，我們做的方案被要求改了十幾次，然後對方告訴我他們有了更好的選擇，我又立刻調整方案和資源，到最後拿下來我大概被拒絕了五十次吧。」

然後我就整天告訴自己：必須被拒絕五十次，才有可能成功一次。

從那之後，即使每次我打電話過去剛自我介紹兩句就被掛斷，我也不著急從地上撿起自己碎了一地的自尊心，而是捧著手機開始寫很長的文字簡訊傳過去給對方。

從我是誰，我們公司有什麼合適的電視節目，到影響力怎樣，能為對方提供怎樣的服務。大概是常年寫作的原因，又或者絕大多數廣告業務員很少傳那麼長的聲情並茂的簡訊，我的簡訊傳過去後，總是能收到回饋，這些回饋大都非常短，短到只有「好」、「收到」、「考慮一下」、「再聯繫」、「有需要找你」幾個字。但這對我來說就算是成功了。

後來成為朋友的客戶對我說：「第一次收到你的簡訊時，我嚇了一跳，以為手機中毒了。但你的簡訊很快速的說清楚了你們的優點，你們可以為我們設計的節目內容，態度又很真誠。我掃一眼心裡就有數了。其實我最討厭接電話，一是說又說不清，二是絕大多數人表達都不流暢，本來開會心情就不好，一聽電話心情更差了。但一看見你的簡訊，情緒就好像一張揉皺的紙被熨開了。」

客戶的最後一句話是我自己加的，反正大概就是那種效果吧。

客戶問：「你怎麼那麼會寫簡訊？」

我哈哈哈哈哈的笑著說：「因為我是個作家啊。」

客戶也哈哈哈哈哈大笑起來，他們以為是個玩笑。

那時我二十七、八歲，出版了一些作品，但是沒什麼人看。

後來三十多歲，作品突然被熟知後，以前的客戶給我傳來訊息：「這個劉同是你嗎？你真的是個作家啊？」

我說：「是啊，我以前告訴過你啊。哈哈哈。」

客戶說：「我們部門有同事很喜歡你，你快幫我寄一些簽名的書來。好可惜，沒有保留當初你傳給我的那些那麼長的簡訊！」

我說：「我現在還是可以傳給你啊。」

那一年很快過去，我被調回了節目部。我把這段經歷用雙面膠黏好，不想再看，也不願意回味。那一頁上，我寫了一段話：「以後覺得難的時候，想想這段經歷，這都熬過來了，還有什麼難的？」

學會翻篇就好了。

年前，我問我媽：「爺爺奶奶真的對妳很差嗎？」

她說：「其實也沒有，你爺爺奶奶後來對我還滿好的。」

輪到我疑惑了。

我媽說：「一開始你爸家裡人對我態度都很差，可能是覺得你爸被我搶走了吧，我能理解。但我就堅持對他們好，不管他們對我怎樣，哪怕家裡只有一百元，我都會拿出八十元給他們。讓他們知道我和他們想的不一樣。慢慢的，你爸家裡的人就被我感動了，覺得這個媳婦真是好啊。」

「那妳以前為什麼老說他們對妳不好的事？」

她想了一下說：「發生過的事情就是發生了，彌補又是另外一回事。就算你爺爺奶奶後來對我好了，他們也沒說過一句對不起。」

我突然能理解我媽的心情了。

她遲遲不願意翻篇，是因為沒有人為她最難的那段日子畫上一個句號。後來爺爺奶奶走了，媽媽心中悵然，那一頁就只能畫上省略號了。

但我想句號也好，省略號也罷，雖不如她所願，但好歹這一頁翻過去了。風不解書意，偏自弄翻篇。大概連風也知道，人生是必須一頁一頁翻過去才能往前走的吧。

寫在出版之前：

修改這篇稿子時，恰逢公司開年會。今年是我加入光線的第二十年，我和同事說這些年，我在公司換了十四個職位。年輕同事們譁然，有人問我：「到底都幹過些什麼？都做得不錯嗎？」這篇文章裡我寫自己最痛苦的時期是做廣告的時期，我想大概是痛苦的事情太多了，我只允許自己記住一件作為代表。我做過電視節目、做過活動、做過廣告、做過藝人經紀人、做過宣傳，現在在做電影。其實，其中有一大半的職位我都不想記住，全都是一天一天算著日子熬過來的。

雖然我在光線工作進入第二十年了，但也是最近才逐漸清楚自己的職業定位：我擅長去做一些特別細節的內容。凡是與內容創作相關的，我都能全情投入，整個人會變得自信，哪怕在規定時間內沒完成一個目標，我心裡也不會覺得「糟糕」，只是覺得「再給我幾天去思考，肯定不會有問題」。

除了廣告，做藝人經紀人那段經歷是極其痛苦的。做藝人經紀人最令我崩潰的事情是，一件很明顯的事情，藝人就是理解不了，我必須把前因後果各種可能性幫忙梳理一遍，對方才會恍然大悟「噢，原來是這麼回事」，藝人開心了，我一整天的生命力就被消耗殆盡了。其實這也沒什麼，畢竟這就是工作啊。然而真正恐怖的事情是，到了晚上，藝人又會傳來訊息：「我又想不明白了，我覺得不對。」於是我就放下自己的生活，抱著電話繼續溝通一整晚。這樣的生活周而復始，我眼睜睜的看著藝人殺掉自己每一個有陽光的清晨，勒死每一個有月光的夜晚。有一天我想：我與其花那麼多時間去開導藝人，讓對方成為更好的人，為什麼不把時間花在自己身上，讓自己成為更好的人呢？

想明白這件事之後，我立刻從行業其他公司挖了一個可靠的人過來取代自己，自己又退回到節目製作部門，總算是活了過來。擁有自己可以支配的時間真的是一件快樂的事情。我就每天寫東西，每天誇自己，到了三十多歲的時候，我的人生就真的漸漸好起來了。所以要說我做藝人經紀人失敗了，我是不太認帳的，畢竟我把自己培養出來了。

在我工作的這二十年中，我常常被路上迎面來的大風刮跑，刮到一個不知名的地方，然後自己開荒種地，等待有所收成。春天只能默默勞作，夏天只能除蟲澆水，秋天只能望眼欲穿，到冬天又是竹籃打水。我以前會覺得自己運氣不好，後來發現這是常態——因為我們多半不了解自己真正擅長的是什麼，也不知道如何把自己擅長的部分融入新的挑戰中。

而一旦你清楚自己擅長做什麼之後，便能真正為自己做長時間的職業規畫。後來我就跟公司說，我想做那種和文字內容打交道的工作，在這樣的工作裡再累我也不會覺得枯燥。慢慢的，我就走到了今天。

「長期主義」說的就是這個意思。不要試圖去催熟別的種子，而是應該把自己當成種子去灌溉，去施肥，給自己更多的時間，在自己的地盤上生根、發芽、開花。

我去年對自己徹底失去自信的時候，對公司主管說要不離職算了，感覺自己也創造不出價值了。但後來，我發現其實公司裡比我想先走的大有人在，所以我就為年會做了一個節目叫《勸退大會》，勸他們離開。

我活出了他們希望我活出的樣子

人生裡很多事，必須經過很長一段時間才能書寫。那是暴風中被捲起一頁又一頁的紙，那時無論如何伸手都是抓不住的。只能等風停了，你才能躡手躡腳的走過去，拾掇起上面的祕密。

那狂風興許源於外界，興許來自內心，整日呼呼作響，讓人不得安寧，你也曾像唐吉訶德般拿出長矛去對抗，卻被打得暈頭轉向。你壓根碰不著風，風也懶得理你，只消用它捲起的一切事物就能將你揍得鼻青臉腫。

這些事你只能等，等到風再也吹不動了，等到風自己也覺得索然無味了，你才能推開門去找那頁紙交談。

它們一直在各種風裡躲藏，一晃十幾年過去了，我才能下筆寫下自己心裡的困擾，試圖去找到一些答案。沉澱下來的部分，才是長輩們說的「趕快喝了，這才是最有營養的」東西。

十六年前，外公離開的時候，我在北京工作。

我爸打電話給我，他讓我不用趕回去，下次回家再好好祭拜。

掛了電話，悲傷立刻像一團霧氣般將我籠罩，我坐在公司的餐廳不可抑制的大哭起來，有種要把身體裡所有的水分都變成眼淚哭乾的悲慟。那甚至是我所有回憶中，自己哭到最不能自已的一次。

我並非被自己與外公的任何回憶所觸動，也沒有覺得自己與外公之間有何種遺憾，我俯在桌子上，眼淚打溼了兩管衣袖，我意識到，外公的離世推倒了我人生中的一面牆——這面牆將家人與死亡阻隔開來。而外公的離開讓我意識到我的人生即將開啟與親人在這一世的告別。

我想，外公走了，外婆會不會傷心？外婆如果傷心了，是不是也快要離開我了？還有爺爺奶奶，最終會輪到父母。一想到這些，那滾滾而來不可阻擋的命運，瞬間就讓人充滿了無力感，癱軟下來。

後來我回到家，跪在外公的墓前，一滴眼淚都沒有流下來，是因為我哭過頭了嗎，還是因為我和外公並沒有自己想像中那麼親近？我為自己沒有哭出來而感到羞愧。

此後的十多年間，爺爺、奶奶、外婆相繼離開，我都在第一時間趕到了他們身邊。

送他們離開的時候，我跪在那兒，看著安詳的他們，依然沒有任何眼淚，只是怔怔的看著。

周圍的親戚哽咽、啜泣、號啕大哭，我低著頭拚命回憶過往的美好，卻感覺不到任何悲傷。我只能埋著頭——不讓別人看到自己平靜如一潭死水的臉——讓人誤以為我傷痛欲絕。

我不停責問自己：他們從小對我那麼好，沒有他們，怎麼會有今天的我？可為什麼我絲毫不感到難過呢？

我退到堂屋角落，默默醞釀悲慟的情緒，逼自己重新回憶童年感到的每一個幸福的細節，再想他們今天走了，我再也見不到他們了。可越是如此，我整個人越是冷靜。

有親戚看我情緒異常穩定，就對我說：「你奶奶以前對你那麼好，她走了，你怎麼都不哭？」

我只能硬著頭皮開玩笑：「奶奶以前對你期待那麼高，你卻沒讓她滿意，你還不快磕頭道歉去。」

旁人越這樣說，我越內疚，只能假裝若無其事的說說笑笑，說自己還沒接受這樣的事實，感覺長輩們根本還沒有離去，對我來說只是時間未到，我覺得自己肯定會在一個夜深人靜的時刻想起一切而痛哭流涕。

彷彿只有哭，才能表達一個人對另一個人的真心。

後來我終於哭了一次，那是和朋友們聊起各自的奶奶做的醃菜。

我說我奶奶每年會在家裡做好多罎子菜脯，說著說著就哭了，我說我想我奶奶了，其實是因為我察覺自己再也無法吃到奶奶做的菜脯了。很奇怪，奶奶已經離開那麼久了，為什麼我依然覺得她從未離開？

我覺得自己很冷血，「冷血」這個詞的背後也藏著偽善、藏著虛情假意、藏著表裡不一。可我分明是一個動不動就會流眼淚的人，看到別人的善意，聽到別人的一點真心，就會立刻產生共情。

難道我只會為陌生人情感氾濫，而對家裡人有情感障礙？

爺爺走的時候，我沒哭。我想可能是從小他對我太嚴厲了。

奶奶走的時候，我沒哭。我想可能是最後那幾年她的阿茲海默症（Alzheimer's disease），早就讓我做好了告別的準備。

外婆走的時候，我仍然沒哭。我覺得我不能再為自己找各種原因了，我一定有什麼問題。

這件事持續困擾著我，我跟朋友坦露了內心的愧疚。

朋友問：「那你現在想到長輩們，會感到幸福嗎？」

我說：「我現在能回想起很多細節，都感到幸福。」

他問：「哪些？」

我記得外公常會在白天神祕的告訴我：「晚上帶你看曇花如何開花喲。」於是那一整天我都會沉浸在等待的喜悅中。我能記得天幕被夜色一層一層染黑，記得半空升起一輪皎潔的明月，這時夜風便有了獨特的清香，那是曇花的味道。趕來的鄰里和夜間的花粉傳播者一樣蠢蠢欲動。大家圍在曇花旁邊，呼吸都很謹慎，害怕自己的喧嘩會驚嚇到曇花。我也是從跟著外公夜賞曇花，才意識到很多看起來可笑的小心翼翼，其實是人對萬物的虔誠和敬畏。

我和爺爺只有每年過年才能相見，那是我最期待的日子。爺爺工資不高，每年過年都會拿出一本字典考我認字。我認對一個字，他就獎勵我一塊錢，那時一塊錢能做很多事，而我總是可以從爺爺這兒輕易就弄到幾十塊零用錢。爸爸覺得爺爺太寵我了，爺爺說反正留著錢也是抽菸，不如讓我開開心心多認幾個字。爺爺八十歲大壽時，爸爸為他在村子裡大擺了三天戲臺，爺爺一個人偷偷躲在田埂抽他的菸斗，遠遠看著戲臺。我拿著自己出版的作品給他，他顫顫巍巍的摩挲著那本書，翻來覆去，不敢相信的問：「這是你寫的啊？」我說：「是啊。」他連著說「好啊好啊」，滿臉的皺紋讓我看不出他是笑著，還是驚訝著。

我記得小時候奶奶把家附近的地都開墾種了菜，她會一早收了菜從礦裡走到鎮上去賣，要走大半天，每天賣了一、兩塊錢就背著爸媽偷偷給我五毛。

她知道我最喜歡吃她做的麵條，因為能吃到很多新鮮的豬油渣。

奶奶患阿茲海默症的頭兩年，意識在清醒與模糊之間搖擺，大年三十她看我吃年夜飯沒什麼胃口，就問我想不想吃她做的麵，我眼睛一下就亮了。於是她立刻起身去廚房為我下麵條。這個故事我曾經寫在了文章裡，當時大家都阻止奶奶幫我做麵，她身體已經很差了，但我執意讓奶奶下廚，所有人都說我不懂事。

我跟著奶奶到了廚房，不知道怎麼的，我覺得這可能是她人生中為我做的最後一碗麵，於是我又從包裡掏出了相機，一直拍奶奶為我做麵的步驟，切蔥放蒜，不忘加新鮮的豬油渣，最後奶奶做完，雙手顫顫巍巍的把麵遞到我面前。

我放下相機，幾乎是含著淚一口一口吃完了那碗麵，喝掉了那碗湯，吃光了裡面細碎的蔥花和豬油渣。

我也記得小時候，外婆在鎢礦做電話接線員，她每天帶著我去上班，看我把各種線亂插一通，然後她又笑眯眯的把所有的線一一歸位，從不責怪我。她嗓門很大，總是很大聲的誇我事情做得很好。有一年聚會的時候，有親戚說看不懂我寫的書，原來寫書那麼容易，她也打算寫。我一時語塞，外婆直接嗆她：「我外孫就算寫得不好，也會有人看。妳就算寫得再好，也不會有人看。」我語塞變心塞，外婆為了幫我，真是殺敵一千自損八百。

外婆在我記憶裡總是精神矍鑠，冬天為了節約煤氣居然洗冷水澡，我一說她，她就大手一揮說沒事啦沒事啦，都是可以的。這樣的外婆在人生的後十年中，生了三次重病，都硬撐過來了，但說話的嗓門越來越小。前些年，她遞給我一個紅包，笑了笑，什麼都沒說。那個紅包我一直留到現在，因為那也是她在徹底喪失記憶之前，包給我的最後一個紅包。

除此之外，我人生中很多的窗戶也是被他們打開的，他們讓我感受到了和同齡人不一樣的人生。

奶奶會帶著我去路上撿大貨車顛簸掉下來的煤，而煤也是司機故意顛下來讓煤礦家屬撿的。

爺爺教我如何又快又緊緻的做捲菸。

外公養了一院子的植物，他把名字一一告訴了我。

外婆口齒伶俐，我從小吵架就學了她，根本不會吃虧。

外公教會了我觀察事物的細膩，爺爺讓我對文字產生了興趣，奶奶讓我明白了分享是多麼重要的事情，而外婆則培養了我在混亂下，敢亂拳打死老師傅的勇氣。

寫到這兒，我似乎能明白為什麼他們走的時候，我沒有眼淚了。

眼淚是平日情感的積累，情緒到了不得不釋放的時候，只能化作眼淚噴湧而出。眼淚裡包含了很多情緒，感動的、悲傷的、遺憾的、憤怒的……而我沒有眼淚的原因是，我對他們的情感早已變成了一個一個具體的回憶，而這些回憶都被轉化成文字，一一慰藉著我的人生。

我沒有情緒的積壓，沒有不得不釋放的悲愴。我的眼淚不必在表面噴湧，它早已在我內心深處慢慢流淌，那塊凹凸不平的巨石也早已被涓涓細流磨得平滑溫潤，在暗處閃爍著暖暖的幽光。

有些悲傷如黃河奔流，有些卻以靜默的方式悄然存在。

如同我寫下的文字，或許每個字都是一滴淚，這些淚裡是爺爺、奶奶、外公、外婆生前的一言一行、一顰一笑。

我大概也明白了，哭泣或許不是唯一表達愛的方式，感恩、懷念、延續他們的精神、活成他們希望我活出的樣子是更為持久的方式。

寫到這裡，我哭了。

寫在出版之前：

這篇文章的最後一句話本來是「我想他們了」。剛讀到結尾時，發現自己已淚眼矇矓，便把最後一句話改成了「寫到這裡，我哭了」。但這種哭也不是察覺自己已經失去了他們而哭，而是因為他們感到幸福而哭。

活著的意義是什麼呢？大概是一個人離開這個世界的時候，能為其他人留下繼續生活下去的養分吧。

既然要分別，那相遇的意義又是什麼呢？大概是被你改變的那個部分，代替你留下來陪著我一起繼續面對人生吧。

我們不會老去，只會失去

看了一本叫《豆子芝麻茶》的書，裡面只有五篇故事，講三個在婚姻中受盡苦難的女性和關於兩位至親的生前回憶。故事的時間跨度不是五年、十年、二十年、四十年，而是寫完了人的一生，不是從生到死，而是作者筆下的人物經歷的苦難足以填滿一生。

如果是虛構的也就罷了，翻開簡介一看，作者楊本芬，花甲之年開始寫作，今年八十四歲，這是她的第四部作品。

在寫給胞兄的文章最後，她寫道：「我出了三本書，要是哥哥能看到就好了，你會為我高興的。要是我能親眼看到你正兒八經坐在書桌前看我的書，我該有多高興啊。」

我眼淚一下就出來了。

有些文字本身並不帶有故事性，但它卻有一個美好的結局，還有什麼比一個跌宕起伏的故事擁有一個美好結局更令人覺得安慰的呢？因為這個結尾，你會覺得所有發生的苦難都不算什麼，他們經歷了人生的種種磨難，如果最後能安靜的坐在書桌前讀一本關於自己的書，那也不枉人生走那麼一遭。

希望每個跌宕起伏的故事都有一個好結局。

很遺憾你看不到我老了的樣子

前兩天，我玩了一下自媒體的老年特效。特效將螢幕上下一分為二，上面是八十歲的我，下面是此刻正在拍攝的我。第一眼看過去，先是愣住，不敢相信自己老了的模樣。然後笑一下，笑的這一下不是覺得老了的自己很有趣，而是遇見了八十歲的自己，我想和他打個招呼，那是一種禮貌。

於是他也對我笑了一下。

之後呆呆的看著自己八十歲的臉，突然情緒就湧了上來，不是害怕自己老，而是百感交集，心裡瞬間有了無數種猜測，這些年我經歷了什麼，如此白髮蒼蒼，滿面滄桑。

而後，眼眶溼潤——我身邊的那些親人，是不是這時已經不在身邊了？不敢再想，立刻關掉特效，把眼淚逼回去，希冀轟鳴聲能漸小，時間能永遠停止在這一秒。

只是那一道又一道在眉間被歲月刻下的痕紋，刻在腦海裡深之又深。到底是因為時光的流淌和沖刷，最終沖開了青春的堤壩，還是因為後來我的人生發生了某種變故，所以用如此深邃的姿態紀念那段難行的路途？不得而知。

我本來想把這段影片傳給爸爸看的，想問他：「爸，你看，我老了以後像不像你？」

恰巧看見影片底下有一則留言：「那天弟弟在玩這個特效，正準備關掉，這時媽媽湊過來，說：『讓我再多看一眼你老去的樣子吧，等你老了，媽媽就看不到啦。』」

算了，還是不傳給爸爸了。

不想他為自己難過，也不想他為我難過。

還有一則留言：「剛打開看了一下自己老了的樣子，我姊一瞬間淚流滿面，死死盯著手機。我一回頭，姊姊告訴我，四十年了，再也沒有看到我爸爸的樣子，今天突然看到我老去的樣子和爸爸一模一樣。對我來說，爸爸模糊的樣子已經不記得了。決定去列印一份我老去的照片，想爸爸的時候就看看。對我來說，六歲失去了爸爸，真的不知道父愛是什麼感覺。等我下去後，能不能找到你？還我父愛，爸爸爸爸爸爸！」

看到最後的那句「爸爸爸爸爸爸」，那憋回去的眼淚瞬間又落下來了，啪嗒啪嗒。

是為自己，也為家人，也為透過自己的老年看見爸爸的他。

把野心埋在地裡，開出了最潔淨的花

家中的親戚，我最佩服的是我的小舅。

我對他的佩服分了兩個階段。

第一個階段是我小時候。那時我住在江西鎢礦的外婆外公家，小舅就天天帶著我，每次出門，他的朋友都對我好得不得了。小舅對我也嚴格，只要我犯了錯誤，他就把我關進小黑屋，讓我自己面壁思過。小舅學習好，體育也好，不負眾望考上了大學的化工系，畢業後開始做起了科研，不到三十歲就成為一家水泥廠的廠長。有這樣的小舅，我自然是很自豪的。

後來水泥廠改制，他決定自己出去和朋友創業，做了好幾個項目最後都是無疾而終。

日子過得飛快，他的意志也一點點的消沉，開始變得喜歡喝酒，喝了酒就大聲說話。他在他的中年失意中掙扎，我在我的青春前途中迷茫。那些年我也很少和小舅見面，只是覺得他好像已經不是我以前認識的那個小舅了。

後來外婆搬到了湖南郴州居住，身體慢慢變弱，一次因腦中風摔傷後，小舅隻身一人從廣東過來照顧外婆。

本以為只是照顧很短一段時間，可外婆的身體反反覆覆，一會兒特別好，一會兒又忘事，小舅總是廣東、湖南兩頭跑，實在累得不行，就決定乾脆不跑了，陪著外婆。

那幾年，我回家和小舅喝酒，喝著喝著聊到小時候的事，我就說自己心裡的小舅是怎樣的，把他吹噓一番。小舅心裡很得意，嘴上卻說好漢不提當年勇，現在老了，不行了。

然後我就立刻接住他的話，說他一點都不老，其實完全可以去做更多的事情，誇他性格直接爽快，不應該每天只是照顧外婆的起居，我們也可以請阿姨來照顧。

說了好幾次之後，小舅也沒同意，說外人總不如自己，於是我也作罷。

外婆是去年走的，算算時間，小舅照顧外婆十來年了，他從兩鬢略白到現在滿頭白髮，他說他盡力了。

小舅真的以一己之力把外婆最後的日子硬生生的拉長了，讓外婆看見了家裡的第四代，讓外婆看見了電視上的我，讓外婆第一次坐上了飛機，看了故宮，爬了長城，逛了頤和園，三番兩次把外婆從鬼門關拽了回來。

上次我約朋友們來家裡喝酒，小舅也在，喝著喝著，一位朋友說：「你小舅的性格真豪爽啊。」

我接過話，開始說小舅過去的光輝事蹟，說小舅是如何教育我的，大家哈哈大笑。

然後也不知怎的，我就說：「不過呢，我剛才說的那些事都不是他最厲害的，最厲害的是，他為了專心照顧外婆辭職搬來郴州。他以為只要照顧半年、一年，沒料到這一照顧就是十幾年，他毫無怨言，把外婆照顧得很好很好。如果沒有他，外婆可能早就離開我們了，如果沒有小舅，我們家可能也不會像現在這麼團結。」

我說著說著就哽咽了，再一看小舅，他早已淚流滿面。

小舅完全是用自己的人生為外婆又搭了一座橋，外婆在橋上看著我們這些晚輩每日忙碌，還不忘叮囑我們不必分心抬頭往上望。

我想在小舅的心底深處一定也有屬於自己的不甘，但為了媽媽，他只能做這種選擇。

人生的盡力而為，不一定是在世俗意義上取得了多大的成功，吸引到了多少人的眼光，如果能將自己的一顆野心、一腔熱血挖個坑埋進去，從此不念不顧，不遺憾不抱怨，安穩去過自己決定的人生，又何嘗不是一種崢嶸人生。

寫在出版之前：

這本書我改著改著有一種異樣的情緒，以往的文字都只針對當下和過去，像拿出放大鏡仔細審視每一個人生階段的細微之處，期許從中找到一些連接未來的意義。而這本書的文字卻像拿著針線將時間一前一後縫合重疊了起來。

中國散文家劉亮程老師寫過一段話：「所謂永恆，就是消磨一件事物的時間完了，但這件事物還在。時間再沒有時間。」

我樂觀的想，成長中迎面射來的漫天的箭沒有阻止我前進，人生路不熟的環境中面對低氣還在持續爬行，面容猙獰的好事者、語言歹毒的刺傷也沒能讓我停留在過去，如今這些景象早就幻滅了，是不是說明我也應該將它們消磨殆盡了，對它們來說，我也算永恆。

過去毀滅我的已經不在了，可我還在。未來將毀滅我的，正在路上，我也習慣了。

有讀者問過我：「你覺得你的人生順遂嗎？」

我說我的人生很順遂，不是沒有遇到過挫折，我遇到的挫折可多了，但每次遇到挫折，我的心態都能隨機應變，用難聽卻易懂的話來形容就是，哪怕生活餵給我一坨屎，我也要用很好的胃口吃下去、消化掉。你不偶爾委屈自己，生活就會一直委屈你。你要變得柔軟，要像一陣風，能繞過山，繞過牆；也要像一杯水，能滲透，能蒸發。你需要變成各種樣子，但你也要知道自己原本的樣子。

那就把同一句話重複寫一百遍

我很喜歡一位女歌手，從高中至今，無論我的手機如何更換，第一時間必定要將她的幾張專輯在音樂軟體裡下載到手機上。很多人聽說我一直很喜歡她，覺得奇怪，奇怪的原因無非是她早就過氣了。我反倒覺得他們奇怪，如果我喜歡一個人是因為她很受大眾歡迎，那我的喜歡又算什麼喜歡？不就是跟風嗎？

在一個人還未被大眾知曉時，你就發現了這個人身上的光。在這個人風頭正盛時，你退到一旁默默欣賞。在這個人走下坡路時，你依然對他最初的光彩念念不忘。這種才叫真的喜歡吧。

總之，這位歌手的前幾張專輯，無論何時，只要我一聽到，就覺得心情好得不得了，她在音樂裡釋放出來的情緒也毫不做作，真實可感。

大概也是一瞬間發生的事，當這位歌手紅了一段時間後，便想著轉型。此後她的音樂雖然也不錯，但和歌手本人並不相稱，隨之而來的是歌手的造型，也一個勁的挑戰「新鮮感」。肉眼可見的，她不僅沒有轉型成功，反而失去了本身的魅力，事業跌落谷底。

此後多年，我常常看見音樂論壇有討論她的貼文，問她為什麼突然就消失了。很多人回答了各式各樣的原因，我特別想留言說：「是因為她放棄了她最厲害的東西。」

前幾年，她宣布復出，我充滿了期待，只要她亮出她的王牌，就沒人是她的對手，這與她年紀多大無關，而與她自身的性格有關。沒想到，她復出後的幾首單曲沒有一首與我期待的相似，從她的訪談中我甚至能明確感覺到——女歌手覺得自己年紀大了，想讓大家看到她成熟後的樣子。

王爾德在《深淵書簡》裡有一段評價他情人的話似乎能解釋這一切，他說：「你的缺陷並不是你對生活懂得太少，正相反，你對生活知道得太多了。開滿鮮花、清新如晨的少年時光，它的純淨清澈的光束，它的天真無邪的喜悅和憧憬，所有這些都被你置於腦後。你迅捷的從浪漫跑入現實，陰溝和生活於陰溝中的生命開始吸引你。」

我們當初都是以清新如晨的少年時光被世界看見，卻又在自己被看見之後，恨不得第一時間褪去身上的天真無邪，用老練世故去擁抱世界。

在我看來這位女歌手如此，這世間多數人如此，連我自身也是如此。

在寫這本書之前，我花了一年多的時間構思一部長篇小說，已落筆數萬字。

朋友問：「你為何突然打算寫一部長篇小說？」

我說：「就覺得應該寫了。」

熬夜多日，天空泛藍時，我問自己：「為何一定要寫這部小說？」

我以為自己的答案是：「非寫不可。」沒想到我腦子裡卻出現了其他答案——似乎是我爸曾對我說：「你能不能寫點不一樣的？」也似乎是朋友對我說：「你看誰誰誰，一直在寫小說，還能被改編成電影、電視劇。」也或者是我自己對自己說：「我想證明一下自己給別人看。」

以上無論哪一種原因，都不是我要寫一部長篇小說的必要性。

除非是這個故事讓我念念不忘，深入靈魂，提筆千言萬語，可如果僅僅是抱著「我想寫一個不一樣的東西給你們看看」的目的，我甚至還沒感受到創作的自由，便已大半個身子陷入了沼澤之地。

這麼想著，我果斷關閉了長篇小說的檔案，新建了檔案，寫下了這本書的第一篇文章〈清理自身的藤壺〉。為何我自覺人生越活越累，不正是因為自己在成長的過程中過於在意他人的目光嗎？我又從清晨寫到中午，長舒一口氣，這才是我真正想要表達的東西。

二十歲出頭時，覺得人要突破自己，必須多嘗試，去找到自己擅長的部分。三十歲出頭時，覺得人要突破自己，就要多堅持，在自己堅信的那部分駐紮下去。

沒想到隨著年紀越成熟，對事物的理解反而越偏執，三十五歲之後居然會認為人要突破自己，就必須挑戰別人的瞧不起。

兜兜轉轉一大圈，人生也因此進入了長達兩、三年的不自信和迷茫。

後來我總算想明白了，人要突破自己只有一條路——必須在自己擅長的路上持續走下去，挖得越深越好，走得越遠越好。絕不是放棄自己本身開闢出來的那條路，轉而跑去別人的地盤，把別人擠走。

前段時間有人問我：「你還打算繼續寫青春寫多久呢？」

我說：「我從來沒有覺得自己在寫青春，我只是在寫不同時期自己對人生的感受，我的心態就是如此，哪怕到了八十歲，只要我還是這樣的心態，我寫出來的東西可能依然都是青春的。」

那一刻，我人生的很多疑惑似乎都迎刃而解了。

美籍華人油畫家陳丹青在某個採訪中說：「我也不求突破，那是句大話，突什麼破？大部分藝術界的行話漂亮話我都不上當的。我親眼看見多少哥們為了突破，弄得不像人樣。」

作家白先勇也說：「一個作家，一輩子寫了許多書，其實也只在重複自己的兩、三句話，如果能以各種角度，不同的技巧，把這兩、三句話說好，那就沒白寫了。」第一次看到時，不理解他要表達的意思。後來突然想起這段話，特意又去翻了出來，原來自己的困惑早被寫下了答案。

作為作家，你可以去嘗試不同的東西，你也可以一直圍繞自己真正想要表達的部分，翻來覆去表述得更清楚。這世間的路有很多，條條都是通途，你只管放心大膽的邁開腳步就行。

作為人，更是如此。

我覺得自己是很幸運的，人生跑了一圈，跌跌撞撞又回到了自己的賽道上。很多人跑著跑著，就再也沒有跑回來。

寫在出版之前：

做自己擅長的，不是讓你重複自己的工作，而是要在自己本身已經挖出來的礦洞裡再繼續深挖一百公尺，再一百公尺，再一百公尺。

我突然回想起以前做電視節目的時候，主管問了我一個問題：「你天天做日播節目，已經很得心應手了，但你一期節目的預算最多也就是十萬元、二十萬元，我現在給你一百萬元的預算讓你做一期節目，你這個錢花得出去嗎？你知道應該怎麼花嗎？」

我突然愣住了，因為我從未想過這個問題。我已經習慣了花很少的錢去做節目，但如果花更多的錢去做，我應該怎麼提升節目的內容呢？主管的意思就是我總在原地打轉，從未想過升級手裡的工作，一期十萬元的日播節目和一期一百萬元的日播節目，差別在哪裡？那個差別就是你深挖的自己。

你首先要找到自己擅長的事，然後不停的讓自己在這件事情上進步升級。

所謂擅長，是你做一件事情比別人做這件事情更輕鬆，角度更刁鑽，做出來的氣質更為獨特。做自己擅長的事，不是讓你待在自己的舒適圈，舒適圈是簡單的重複，做自己擅長的事是深挖內心。

做自己擅長的事，不要被他人的意見影響了，不要和別人去比較，集中你的精力，專注你的目標，你是你人生礦洞裡唯一的礦工，務必堅持挖下去，不然你礦裡那麼多的資源就荒廢了！

做自己擅長的事！做自

己擅長的事！做自己擅長的事！

做自己擅長的事！做自己擅長的事！做自己擅長的事！做自己擅長的事！做自己擅長的事！做自己擅長的事！做自己擅長的事！做自己擅長的事！做自己擅長的事！做自己擅長的事！做自己擅長的事！做自己擅長的事！（默念一百遍）

自語

千萬不要被這個時代牽著鼻子走了，覺得什麼都想做。你就穩住，去做自己喜歡的、擅長的，如果沒有機會，那就不要機會。你就按照你的心意每天去做，每天都有進步，就跟時尚會復古，音樂會再度流行一樣，你擅長的部分總有一天會來到。

別急，這是另一個時區的白天，也是你的夜晚。好好睡一覺，醒來大幹一場就行了。

第三章

颶風過境

你總會遭遇一、兩場颶風，將你過去堅定的信念摧毀，
將你賴以生存的避難所連根拔起。
一無所有指的是你失去了一切，
也指的是你兩手空空隨時可以擁抱一切。
一貧如洗說的是人生貧困得如清水一般純淨，
卻也說明你無須再被層層過濾。
颶風不僅會帶走你視若珍寶的一切，
也會帶走這些年你捨不得扔掉的廢棄物。
一次斷捨離是一次新生，這也是颶風過境的意義。

就算不停搖擺，都覺得是愛

從父母家翻出了大學時期的紙箱，裡面有一些信件。

那時已經開始流行電子信箱，但總覺得用電子信箱來解決問題過於乾淨俐落，所以依然習慣在身旁備著紙筆。

想要表達內心的滿腔情意，光靠嘴是不行的，嘴能解釋，會辯駁，總沉默，最要命的是還老會射出一、兩支讓人與人關係徹底崩塌的冷箭。

紙總能先吸附滿滿一整頁的情誼，而書寫的筆跡無論是工整娟秀，還是龍飛鳳舞，或是潦草走樣，總是能讓人安心自若，有耐心讀完。

大概是為了避免父母閒暇無事產生了解我的衝動，紙箱底死死壓著幾封這樣的情書。

看樣子，他們是沒有翻開過。

時隔多年再次閱讀，忍俊不禁。信裡二十出頭的那些相互指責和不理解，經過了那麼長的時間，早已塵埃落定。我看都花不了二十年的時間，十年？五年都已涇渭分明。

當時交往的對象寫了一手好字，我們最後一封信的最後一段，對方寫：「我們冷靜一段時間，如果幾年後再遇見，也許我們都成長了，有耐心了，能理解彼此了，再續前緣也好。」

這一段寫得真摯，我已忘記了我的準確回覆是什麼，但我一定表達了「當我們成為更好的自己時，希望還能再遇見」之類的意思。

寫斷交信的時期，是我找工作的日子。前途未卜，對自己擅長的部分也不確信，心裡隱隱有一個方向，但說又說不明白，類似於做夢時遇到的某個場景，熟悉卻沒有細節，說出來就顯得很可笑。

當時我應徵了民營企業，也想進電視臺。大概是這樣的原因，對方覺得我考慮問題不夠周全，某次聊天時，不小心漏了一句：「如果被我家人知道你在外省的民營企業工作，他們多少會覺得不夠穩定。」

那一刻我心上被對方用愛這把刀割開的部分，立刻痊癒。

愛情對我來說意味著什麼呢？大概是我可以不信任自己，可以糊塗，可以猶豫不決，可以瞻前顧後，但你不行。你需要看到我深處的靈魂，看到我心底的吶喊，幫我把萬千思緒中那幾條最活躍的念頭給拉出來，織成更結實的信念，再把信念織成網，能幫我們網住未來的一些什麼。

你不能讓我更加貶低自我，你不能把我放在晒場上晾著直至脫水，每次和你相見完，我不僅要期待下一次的你，我更要期待下一次更好的自己。

沒有愛情的我，獨自起高樓，為了有朝一日遠眺人生。

擁有愛情的我，會和你一起建一座穩固的橋，橫渡人生的流沙河，能前往你所在的對岸感受你全部的人生。哪怕只是晒到和你一樣的日光，也是一種別樣的喜悅。

以上，我於對方也一樣。

信裡說給彼此一些成長，有緣再見。

我甚至分不清，這到底是分開前彼此留的一些顏面，還是確實有放不下的某些部分。

但即使放不下也放下了，留著的那點餘地也只是在信裡，現實生活中轉身就不再聯繫。

歌詞裡曾說：「寄信人也是我，想像你可能關心我。（寫給你的那封信）彷彿船漂向海，就算不停搖擺，都覺得是愛。」

「就算不停搖擺，都覺得是愛。」二十出頭還真是這樣，覺得愛應該是陽光的模樣，所以任何能組成陽光的色彩、光譜的波長，都是愛本身自帶的部分。愛可以痛，可以心酸，可以無助，空蕩蕩更是自然而然。

大學畢業後，我們沒有再見過。也會在很偶然的情況下，朋友聊起對方近況，問我會不會覺得遺憾。

說真的，沒有一絲遺憾。

那時我並沒有去民間企業工作，而是進入了電視臺當娛樂記者。

每天休息時間不到八小時，其餘時間都在工作和在去工作的路上。

我能想像得到對方得知我的近況後，笑著說：「娛樂記者？還不如去民間企業呢。」

我也能想像到如果我們還在一起，我根本沒有辦法解釋為什麼我需要花如此多的時間在工作上。

我突然覺得我那一段寫在信上的感情不應該是愛，愛應該就是在無法解釋的時候不必解釋。如果硬要賦予一些意義的話，應該是兩個都看到了彼此優點的人，發現並不身處一個世界，也不願意去往同一個世界罷了。

有些人的樣子一看就能擁有很多愛。

每每看見那樣的人，我都快速把頭扭向一旁。

每個人一生的土地上，都會播同樣數量的種子，你選擇在哪裡有更多的收成，必定在其他地方會略有貧瘠——我是這麼勸慰自己的。

只是後來才猛然發現，別人的土壤無論是透氣度、養分、pH值都比自己的還要好。

我何來底氣和他們比一年的收成？

唯有四季低頭，去改良自己腳下的那片土壤。

愛情，或許在那幾年短暫的來過，卻又被田間地頭無盡的勞作給嚇跑了。

不敢對喜歡的人說「我對妳感興趣」、「我喜歡妳」、「我愛妳」。

總覺得把「我」放在主體位置，去說自己的想法，是一件居高臨下的事。我怎麼有資格說出這種頤指氣使的話？我怕對人造成驚擾，令其倉皇而逃。我總是怯弱的試探：「妳覺得我怎麼樣？」、「討厭嗎？」、「覺得我哪裡還行？」

第一個問題如果對方避而不答的話，我也就非常識趣的將話題引往另一個目的地。

假使對方有足夠耐心回答我的問題，我才能確保自己並不讓人厭煩，才敢說：「妳覺得我倆……」。

我倆後面的省略號是真的省略號，我說不出要不要試一試、要不要在一起、要不要談戀愛這種話，在感情上，我總是過於看輕自己，把決定權交給別人。

想起來，其實我也是有一些微光的。

當時在師範大學讀中文系，發表了一些文章，被介紹的時候常聽到的句子是「這就是我跟你說過的那個中文系的大才子」。

大才子肯定不算，才子也需要踮著腳去假裝，但每次被這麼介紹之後，多少會開啟一些話題。「你平時都寫些什麼？」、「發表過嗎？」、「哪些作家可以推薦一下？」

藉著這點微光，我收穫了一些好感。

但無一例外，這些好感不是決定性的，縱使在只有兩個人的環境中，對方的愛也只會酌情替我斟半杯酒，我看著對方手裡的酒盅，還剩不少，眼神裡透露出「為何不把酒滿上，今夜暢飲」，對方總表示「微醺就好」。

微醺就好了嗎？愛情難道不應該大醉、大哭、大吐，然後昏昏沉沉，第二天醒來能看見彼此狼狽的樣子嗎？

過了很多年，我和朋友們坐在一起喝酒。

喝酒是件愉快的事，尤其是遇見自己喜歡的朋友，每一杯都滿上一飲而盡。這樣不是很快就醉了嗎？對，這麼做只是想讓自己失態，想立刻拍著對方的肩膀說：「我好喜歡你啊。」但這句話，不喝酒是說不出來的。

難怪我喜歡借著酒勁，把平時壓在心底的那些情感表達出來。

也希望對方借著酒勁，能讓對我的喜歡露出一些馬腳。

不給自己機會，也不給我機會，這不算是愛情，是一種情感拉鋸戰。一地細碎碎的木屑，其實還保有一些清冽的香氣，只是風一來，將氣味帶走，也把木屑吹得一乾二淨。

我懂事太晚，進入大學後才第一次認真思考人生的各種要素與名詞。進入社會之後，又幾乎把所有的精力都放在了工作上，偶有一些交際，也很快被剝離，我習慣了總是一個人。

那段日子，也有人對我表示過好感，但這種表達大都表現得很隨意。大概是「你單身嗎？試試？」、「我覺得你還行，要不咱倆談談？」這樣的試探。

說這些話的人，有人出乎我的意料，有人讓我覺得高不可攀，還有人讓我覺得簡直荒唐，但無一例外，我表達了「不合適」。後來再想起，多少會感到一些遺憾。

直到遇到了現在這一段穩定的關係，我才明白，其實沒有什麼人與什麼人不合適，只要兩個人相互尊重，彼此能接納對方走過自己的生命，做一次橫渡到對岸的嘗試，能有共同的願景去達成想要的生活，即可。

所以說遺憾其實也算不上，當時我只是拿自己對別人的喜歡做了一個比較——如果我想和一個人在一起，我會寫一封長長的信，說一些自己之所以喜歡對方的細節，想像一些兩個人如果能在一起的畫面，就算不能在一起，這也是我內心的想法。

我不想給自己留太多可迴旋的餘地，既然決定只有一次機會表達，那就盡量真摯，足夠耐心，只要對方不輕視和踐踏我的好感，我都覺得沒關係。

所以當有人說我不錯時，那種隨意、簡單的表達會讓我覺得太薄了，薄到像花園裡自動噴灑的水霧，什麼都遮不住。

如果你問我在愛情裡，到底什麼最重要？我覺得如果對方不是你天生就厭惡的長相，那最重要的就是對方展現在你面前的所有細節。

人對皮囊的欣賞不過三年，任何事情只要久了，都會變得平常。

細節才是能撐滿人與人餘生的支架。

信紙翻過來，上面還寫著一句話：「我是愛你的。」

當時我看著這句話，複雜的情緒瞬間被熨平。

而隔了那麼多年再看到，心頭依然覺得有暖意。

寫信的人性格帶著傲氣，交流時總帶著一些優越感，我也曾問過：「妳到底愛不愛我？」

但對方總是不予作答。

這封分手信寫盡了不能在一起的原因。我猜，對方在將信紙裝進信封的一剎那，可能突然覺得信裡寫的那些原因都不算真正的收尾，所以才最後補上了這句「我是愛你的」。

我後來一直在想，這句話到底是為彼此留了迴旋的餘地，還是徹底為這段關係封上退路，不得而知，也沒有機會問。

只是，如果在關係中的兩個人，一個人感覺不到對方的愛，還要透過問題來確認的話，我想，這大概也不算好的愛吧。

寫在出版之前：

到今天，如果你問我愛是什麼，我想我對愛早已不再去下定義。沒有那麼多細節和規矩需要遵守，你們待在一起，能感覺到對方對自己的尊重，能感覺到對方在努力生活，願意陪你去面對一切，就夠了。愛不是激情，是相處不厭；不是浮華煙火，是寂靜之湖；不是玫瑰芬芳，是黎明的清新；不是甜言蜜語，是遠處山谷中的輕聲細語。

沒有一次，浪在趕著上沙灘

音樂軟體裡突然跳出鄭興的〈抵達之謎〉，不鬧、不喧囂，旋律和淺唱像海邊的浪，一層一層緩緩堆積，不慌不忙，沒有一次，浪在趕著上沙灘。

有些歌手的歌，聽得不多，但每次聽到總是會停留，很認真的看看歌詞，看看整張專輯的文字解釋，就知道他又走到了人生的哪個階段。

簡單的猜想著，也不想了解更多，若即若離或兩兩相望就是人與人之間最好的狀態。

寫這本書的時候，我在小鎮上工作了三個月。當初決定選一處安靜的地方工作是為了逃離不必要的交際，一晃三個月過去了，鮮有朋友找我。我尷尬的意識到，不是我逃開了交際圈，而是本來我就不那麼被人需要。

也是。偌大的北京城，人人都從四面八方奔赴而來。路途遙遠，時間也拉得長，為了輕裝上陣，這一路他們扔掉了不切實際的理想，扔掉了毫無必要的幻想，對他人不做期待，對命運的轉折也冷眼旁觀。

本來人人一身裝備想要在大城市大幹一場，最後卻在沙塵暴中丟盔棄甲。要輕、要簡單，才能活下去。

後來意識到，成年人與成年人的相處就像止住鼻血，哪裡有紙就隨手抽一張撚成柱狀，能塞進鼻子就行。

但在還沒意識到友情就如同止住鼻血時，之前的每個年齡階段都有走得很近的人。

以前把所有走得近的人都稱為朋友，也是後來才意識到，這不是友情，這是生活的難題將一群人推到了一片海裡，你們恰巧搭上了同一根浮木而已。

後來，人總是在後來變得冷漠又強大。

我想起了一個叫右右的朋友。當時我被外派到上海工作，住在連鎖旅館錦江之星裡，突然想起大學同學右右好像在上海，便問到了聯繫方式。

那段時間，我常常下班後去他的租屋處吃飯。他和他的女友，還有我，儼然成了一家人。

我帶著啤酒、滷味、剛出爐的麵包，穿過小巷，走過巨鹿路，在一大片民居裡找到他們那一間。

我們後來走得很近，不是時間讓我們習慣了彼此，而是我們站在租屋處的陽臺上，看著繁華的上海夜景，都不知道自己的位置在哪裡。在大城市溺水的感受是共通的，相互鼓勵活下去的語氣也是真誠的。我們都不了解彼此的行業，卻願意花上一個小時聽彼此抱怨。

我和右右喝著酒，吃完了晚餐。又喝著酒，聊完了夢想。右右的女友從廚房端出了兩碗麵條，說：「以後一定要有大的廚房，我就能做更好吃的東西給你們吃。」

後來我又被調回北京工作，臨走前一天，我去右右家吃飯作別，說回頭我們都要用變得更好的樣子相見。

後來，我和右右、他女友再也沒有見過。

即使我去上海出差，也因為停留的時間太短，聯繫後發現時間對不上，只能作罷。

似乎，成年人的「只能作罷」有效期只有兩次。

一旦超過這個次數，你們彼此就將對方從自己的生活中刪除了。

右右和他女友應該結婚了吧？應該也住進了自己心儀的房子，有一個大的廚房。也不知道他們聊天時是否會偶爾提到我，以及那個落寞的初秋。

還有大潘，是我被公司轉去做廣告業務時的同事。

幾乎沒有人相信我能做出廣告業務來，只有大潘相信。他算是資深從業者，但每次我需要幫助時，他都會放下手上的工作來幫我。

我問他為什麼那麼相信我。他說：「每次你跟客戶說起提案時的激情，都讓我很受感染。」

我說：「那有什麼用，還不是一個單都沒簽過。」

他沒有安慰我說一定會簽單，而是說：「那又怎樣？對你來說這也是一種學習。」言語中有一種中年男人的謹慎。

那時我沒車，每次見客戶都是大潘開車。經過了大半年的奔波辛苦後，一個重要客戶明確拒絕了我們。大潘把車停在路邊，很急切的想再爭取一次機會，對方匆匆掛了電話。

路上車水馬龍，我和大潘在車裡一句話都沒說。

「你覺得我們這樣做下去，還有意義嗎？」大潘問。

「說實話，我給了自己一年的時間，如果一年不行，我就辭職，徹底放棄。但，現在還不是懷疑自己的時候。」

大潘看著我笑起來：「你真的隨便說句話都能感染到我。」

失去那個客戶最大的好處就是——我不再生活在「對方很有可能會簽單」的虛幻憧憬裡，而是變成了「居然今天還沒有被拒絕」的死皮賴臉。

我和大潘的關係就是這樣好起來的，隨之好起來的還有我和他搭檔談下來的廣告業務。

如果沒有大潘，做廣告的那一段人生，應該會是我職業生涯中最為慘不忍睹的一段。

後來我調回了公司的節目部，大潘也因為兒子無法在北京上學而全家回到了武漢。

頭兩年我在武漢出差時，還會約他出來喝兩杯。

他說他看到我在電視上做節目，很帥氣，每次發言就像當初我談客戶一樣，他很受觸動。

他說他知道我的書開始變得暢銷了，也買了好幾本要我簽名讓他去送客戶。

但也不知道從何時開始，我和大潘就斷了聯繫。

是我太忙，忘了回覆他某個訊息，讓他誤以為我走遠了？

還是我埋頭工作了好幾年後，覺得兩個人聊天的話題越來越少，也不知道從何聯繫？

其實這樣的過程似乎也是不存在的。

就是突然斷了聯繫。

我在文章裡寫過的張老頭也是。

他是我在光線的前主管，教會了我不少東西。

後來他離職出去創業，又遇上了一場大病，痊癒後進入半退休生活。

我在廈門拍電影時和他又見面了。

那天，我和同事見了他，眼淚止也止不住。

那晚我們說了很多話，聊了很多關於未來的暢想。

可那天之後，我們只聯繫過一次。後來疫情三年，就再也沒有聯繫過了。

我時常想：自己是不是有什麼問題，為何曾經那麼要好的朋友說不聯繫就不聯繫了？也常陷入自責，覺得自己不算是有情有義的人。

我是在什麼時候釋然的呢？

前兩年，我的情緒跌落到最低谷，整夜失眠。那時才意識到，在意的新朋友多了，就會忘記自己這個「老朋友」。

放棄一些老朋友，才能重新認識自己這個新朋友。

自己要幫助自己走出泥沼，別的全都不重要。

工作不重要，朋友不重要，未來也不重要。重要的是當下的自己是否能睡一個好覺。

一個人，只有能睡好覺，才有更多的精力去面對更多問題。

正因如此，我寫了一段話：「好像和很多朋友都失聯了，尤其是經過了疫情那三年，你會發現人在各自的命運裡，其實也不是那麼需要更多朋友。所以就算偶爾想起時，會覺得有些惋惜，但你一想到你沒找朋友的時間，他們其實也沒有找過你，瞬間覺得也就那樣。」

比起失望，更多的是妥協。你會越來越能接受曾經難以認同的事實，你也會發現其實自己也不如自己以為的那般重情義。

管好自己是你現階段最重要的主題。

當然，趁著這個時間，好好沉澱，不再讓自己陷入混亂的交際也是可遇不可求的時機。

我發表了一篇關於友情的文章，有一句留言很打動我：「你們就這樣安靜的停止了這一回合。」

我回覆：「再也沒有人想得起揭開友情這口鍋。」

你看那蒲公英，起風了就散了

D對我說昨晚他在家，莫名其妙的就哭了起來。原因是他想起十年前那些一起來北京闖蕩的朋友，現在離的離，散的散，十幾個人的小團體現在還聯繫的也就兩、三個人，今年他三十歲了，覺得自己很失敗。

我問他：「為什麼散了？」

他略帶懊惱的說：「真的是日久見人心，有幾個朋友好像功利心特別重，需要我們的時候就用我們，不需要我們的時候就不出現，慢慢的大家都發現了這一點，就不再有聯繫了。」

他又說：「好羨慕你，還有幾個特別好的朋友，什麼話都能說，大家情緒穩定，互相解決問題，各自工作也有聲有色⋯⋯。」

我笑起來：「你說的這幾個朋友都是我三十歲之後才認識的，我三十歲之前認識的朋友，一起從湖南來北京的朋友，現在一個都沒聯繫了，你起碼還剩兩、三個。」

D羨慕我的灑脫，好像從來不為朋友的事情困擾。

二十來歲的時候，看到某本雜誌上問了一個問題：「愛情、事業、友情、娛樂，你如何排序？」

我當時的排序是：友情、事業、愛情、娛樂。

現在我再做這個回答，應該是：娛樂、事業、愛情、友情。

十年時間，人生的準則突然就發展出了兩個極端。

但愛情總排在第三。

我想當時是因為真寂寞，用現在流行的說法是「缺少性張力」，就算強烈渴望愛情，也無濟於事，喜歡自己的人不是沒有，但我喜歡的，總不會把我當成第一選擇，只有我介紹自己的職務和出版過的作品時，對方才會正視我兩眼。

《鐵達尼號》（*Titanic*）裡，遠遠的，傑克被蘿絲吸引，一動不動的看著她。兩人的目光碰撞在一起，但蘿絲立刻偏移了視線，這種偏移是權衡也是矜持，傑克目光如炬並未暗淡，繼續看著蘿絲，過了兩秒，蘿絲再次回過頭，兩人目光交織，一句話都不必說，電光石火開場。

誰不想這樣，省去介紹，僅僅是一個人的狀態、氣場、外在就能吸引對方。想是想，但自己也知道原因——本來就長得不夠好看，還不怎麼會打扮，身材也缺乏鍛鍊，毫無挺拔之感。

愛情排第三，是因為得不到，所以假裝不想要。

友情從第一到最後，也是這十年心境的變化。

當時年少，覺得朋友是萬能藥，能解無聊、解焦躁、能打發時間、能AA世間消遣。每天的安全感來自「北漂的我，雖然一切都很慘，但起碼還有一群好朋友」，每天的期待也是「雖然今天過得不怎麼樣，但下班之後的我還有一群好朋友相伴」。

這麼想是沒錯的，朋友也是沒錯的，但那時朋友的實質是互相尋求慰藉，並非雪中送炭。

所以後來，任何一個人談了戀愛，都是先把對象拉進社交圈，然後再慢慢的一起消失在社交圈；任何一個人升了職，先是遲到負責買單，然後乾脆就不參加聚會了。

大家一個一個的消失，總有一天會輪到你。

你回頭看，我們都是從某個春天的土壤裡發芽，盡力盛放成一朵璀璨的花。後來我們在大城市相遇，聚在一起，無懼炎夏。

我們又在相處中找到自己合適的位置，舒展筋骨，談笑風生。我們像秋天曠野上一朵朵飽滿而晶瑩的蒲公英，搖曳生姿，每個人都想著如果能一輩子聚在一起該有多好。

可「蓄勢待發」才是命運。

每顆種子都在成熟，每顆種子也都在等待一陣屬於自己的風。

起風了，那就再見了。

一顆蒲公英的種子被帶到了幾萬公尺之外，一顆蒲公英的種子被吹到了十幾年之後……。

每顆種子選擇在不同的風裡離開，而懷舊的那顆跌落在原地念念不忘。

大概是你，也大概是我。

當時分開，覺得天都塌了。其實那時才算是人生真正開始飛揚，離去並不代表背叛，而是你總要一個人去闖。

今天的我把友情排在最後，不是友情不值得，而是當我過了三十歲的年齡時，我更加意識到——朋友本應就是在青春期互相尋求慰藉。成人後，大家都自然把朋友放在心底，不會再掛在嘴邊嗷嗷叫喚了。

把娛樂排第一，也是經過了一番深思熟慮的。

我發現身邊很多人把人生的成熟都建立在對萬物的看淡之上。

當你變得對一切都毫無興趣時，你以為自己看透了世界，其實是你對自己不再有憧憬。

一個人無法想像出自己與世界的碰撞，便會剝離自己與社會的聯繫。

娛樂不僅是指消遣，也是指你對世界的好奇和探求。

我無法想像自己每天醒來，對接下來的一天毫無期待。保持愉悅的內心，前提是你永遠都希望了解到未知的自己。

這一別，此生再難相見

以前我看過一張圖片，兩位老兵在火車站月臺告別，車窗內的爺爺抹著淚，車窗外的爺爺噙著淚，揮手再見。

旁邊寫了一句話：「他們都知道，這一別，此生就再也難相見了。」

當時年少，並不懂得其中的哀傷與動容。這些年，越來越看懂了自己的無力與人間真相。微時相遇的朋友，半夜常常傳訊息聊天，相互鼓勵。隨著大家的人生各自走上正軌，哪怕在一個城市相遇，都鮮有相見的時間。

當然會為朋友事業上升忙忙碌碌而開心，也會為無法相見而失落。於是幾個朋友下定了決心：「北京見不到也沒關係，你下一站出差去哪裡？我們必須得見一面！」

真的見面了，幾個人摟摟抱抱，大聲喧嘩，就好像回到了最初的相見，沒有任何改變。分別時，拍拍對方的肩膀，說聲「要加油喲」。

說完這句話，眼淚出來了，因為很清楚的知道，下一次的相遇也許又要很久很久。

前兩個月和大學學姐見了面，兩個人開心的聊了一晚上。分開後，她傳了個訊息給我：「各自搭車走的時候，我忽然流淚了。一則覺得幸福，二則怕自己沒有資格接得住你對我的鼓勵。」

三十歲的時候，會自行感慨：人生的路越走越遠，相伴的朋友越來越少，說著下個路口再見，再見時只依稀記得對方的相貌，卻無法將姓名脫口而出。我們在各自的生活裡，一點一點抹去了對方的痕跡。

會覺得懊惱，也會覺得不甘，曾經那麼好的關係，怎麼就淡了呢？到底是自己太薄情，還是對方太寡義？說不清道不明，只能苦笑一下，去往自己的風景。

但最令我欣喜的是，一旦你過了某個埋頭前行的年紀，抬起頭時，你會發現曾經那些重要的朋友早已停留在原地，只等著你叩門而入。和誰相見都能背這首詩：「綠蟻新醅酒，紅泥小火爐。晚來天欲雪，能飲一杯無？」

散，是各自奔向了新人生。

遇，是我們帶著各自的精彩去成就彼此的未來。

糟糕，我又被別人的熱情沖昏了頭腦

在健身房遇見了一個老朋友。

他的臉出現時，我立刻回想起十年前，我和他，還有他的愛人，以及另外幾個朋友坐在一起聊天喝茶的場景。

他和他愛人特別開朗，和他們坐在一起常有如沐春風之感。

啊，對了，他是音樂系的教授，作品還獲得了好幾次國內外大獎。

他真是一位不錯的朋友啊，我們怎麼就突然失去了聯繫呢？好像是我和作為中間人的其他朋友鬧彆扭之後，就沒再聯繫過他了。應該是這樣。

老朋友戴著鴨舌帽離我越來越近。

我立刻轉過身，背對著他。

雖然我想起了所有我和他的友情過往，但我真的很害怕自己會脫口而出他的名字，然後他停下來，凝視我兩秒，再一副喜出望外的模樣，大聲說：「你怎麼也在這裡健身！」

於是我就要開始解釋自己出現在這個健身房是因為我家住在這裡，出於禮貌我也一定要問他為什麼來這裡。

為了表達自己的喜悅，我還要主動提及自己每日運動的時間，接著詢問他的時間，再發出「怎麼以前從來就沒有遇見過你！」的感慨。

沒準，他還會問我：「是不是還在光線傳媒工作？是不是還在做電影？最近出版了什麼作品？」

其實這樣問倒還好，我最怕他問：「你現在在做什麼？」然後我就只能回答：「我現在還是在光線工作，然後業餘時間寫作，還是老樣子。」

因為他問了我的工作，我就必須問他的工作。

總之，我們大概會用非常高純度的熱情和喜悅進行十分鐘左右的對話，然後還要約下一次吃飯、下一次喝酒、下一次健身……。

就算約好了，我們也很難實現邀約，而最尷尬的是，以後我們每次相遇都會重複一次「下次約吃飯」，尷尬到要命。

我的腦海裡一瞬間閃過所有的結局，決定算了，哪怕十年沒見了，我也不要叫出他的名字。

雖然轉身的時候很果斷，但心裡依稀會覺得「我怎麼就變得這麼慫了，以前的我不是這樣的啊。」

「劉同？」身後響起了朋友的聲音。

真的是他，他看見我了。我深呼吸一口氣，假裝很懵懂的回過頭，看見他的臉，凝視了一秒鐘，臉上立刻堆滿了喜出望外的表情。

一切聊天都如同我剛才所預想的那樣發展，唯一不同的是，他是真的表現得很開心。

我一時懷疑他是真的很喜歡我，還是和任何人都這樣交際？

我心裡決定相信前者。這麼想著，我的心情也變得愉悅了起來，我們交換了彼此最新的動態，約了下次聚一聚。

我們就這麼聊啊聊啊，感覺一輩子都不會結束了。

最後，我說我要去做有氧了，他說他要去做重訓了，我們愉快的揮手作別。

我渾身都是汗，剛才那一小段交談，消耗了我不少熱量，我甚至覺得都不用再進行划船機的鍛鍊了。

我也不知道自己是從什麼時候變成這樣了——害怕和人互動。

大概在十年前，我就開始不接電話，掛斷之後會回一則簡訊說：「我在開會，不好意思，請傳訊息給我。」

而所有的語音訊息，我也必定轉成文字，我擔心裡面會夾雜著某些情緒讓我情緒不穩定。

我是不是對自己過於保護了？這搞不好是一種病。

寫在出版之前：

我果然和這位朋友沒有再相遇，也沒有再約見面。我們就像十幾年前見過的最後一面那樣，給彼此留下了最好的樣子以供懷念。也許我和他再見面，又會是十年後。想起那天他特別開心的樣子，我覺得自己還是很有個人魅力的。嗯，就算這是他的交際手段也沒關係。

我不缺熱鬧，缺的是無人理睬的獨處

通訊軟體一大早就有上百條訊息，原來是其中一位朋友生日，大家約好了週末聚會。

因為要出差，所以就傳了一則訊息給這位朋友：「預祝生日快樂，因為要出差，所以不能參加生日聚會了，見諒。」

朋友回了一則訊息：「沒關係，那我可以趁機提一個請求嗎？」

這簡直是我見過的最趁機的趁機，實在沒有比它更趁機的請求了。

我硬著頭皮回覆了一句：「你說！」

朋友回覆：「我知道我們認識比較晚，所以在加好友的時候，你沒有對我開放動態，我心裡總覺得你沒有把我當朋友，在我生日來臨之際，可以修改對我的設置嗎？」

我一驚，立刻查看，果然設置了「對方無法查看你的動態」。

我立刻修改完，然後說：「對不起，我自己都沒意識到，現在改好了，你可以看到我的動態了，但是你知道嗎？我根本就不發動態！哈哈哈哈。」

我關閉社群平臺一年多了。

自從我關閉社群平臺之後，整個人精神多了。

沒有關閉社群平臺時，每天醒來就要點社群平臺上的訊息通知，想看看周圍的朋友都在做什麼。

但其實他們無論做什麼都和我無關，因為我的工作忙得要死，我只能在他們的動態底下留言：「羨慕」、「下次帶我去」、「好想去」、「在哪裡？」……無論對方回什麼，我都不會當回事，因為我根本就不可能有時間去。

同行的貼文一律發的是：開機了、殺青了、熱搜第一了、票房破紀錄了、拿獎了……好事全被他們占盡了，看得我心塞，對未來毫無想像。

我真的很討厭每天都看見大家過得比我好，以至於我完全無法集中注意力去創造自己的幸福，工作做著做著就會放空——為什麼大家都過得那麼好啊？我是不是有什麼問題啊？

花了很多時間，只想明白一個原因——是不是我不太會發貼文？

這麼一想，就想嘗試發個厲害的貼文。

什麼是厲害的貼文呢？

就是圖得讓人覺得好看，但好看又不能顯得刻意，必須流露出一絲不經意。文案一定要讓人覺得你很棒，但這種很棒一定不能有炫耀的成分，在彰顯你低調的同時，又必須展現出十足的底氣。

發個厲害的貼文就好像拿著一小盒砝碼去控制天平，多了一個字就在左邊加一公克的砝碼，多了一句話那就再往右邊添兩公克的砝碼，連選什麼標點符號都能影響到整體的平衡。

一篇厲害的貼文就是左右砝碼數量不一，但重量卻保持平衡。

一前一後，兩小時過去了，你以為你全神貫注的完成了一次對彗星的監測，其實你只是發了一個點讚數二十的貼文。

尤其是疫情期間，每天憋在家裡，很少和人交流，感覺自己變傻了。寫出的文字不夠細膩，說出來的東西也不夠有趣，每天都處於焦慮中。

而社群平臺則是壓垮我每天的情緒的那根羽毛，把訊息通知刷完之後，把手機往沙發上一扔，心裡只有三個字：煩死了！

不誇張的講，如果社群平臺每壓垮我一次，我就能收集一根羽毛，我現在起碼有好幾床羽絨被了。

為了不再讓自己有情緒波動，我關閉了社群平臺。

不看別人是怎麼生活的，也不想著向別人去展示自己的生活。

然後我的注意力開始集中，我更加聚焦於自己手頭的工作、眼前的內容，我的感受開始變得連貫，不再被外界打斷。

那是一幅怎樣的場景呢？就好像狂風大作的人生開始變得寧靜，天空又開始飄落雪花，沒有一絲微風企圖將其嚇跑，每一朵雪花都落在它應在的位置，不差分毫。雪慢慢的堆積，變厚，小時候的你從屋裡跑出來，看著厚厚的積雪說：「哇，可以堆雪人了。」

而每一個雪人都是你能記住的美好。在這個世界裡，無風無浪無熾熱的光，只有靜謐美好。那是你可以下潛到的最深的海，也是你可以探知到自己內心的最安靜的巢穴。

我把不發動態的原因告訴了朋友，等著對方嘲笑。

沒想到對方說：「聽你說完，我覺得太對了，我也不想每天看到別人都過得比我好。我也關掉了。」

就這樣，我多向一位朋友開放了自己的社群平臺，又讓這個世界上多了一個關閉了社群平臺的人。

前兩年算是我的人生低谷期，至今我也分不清是自己摔倒的，還是被外界的浪打翻的。但好在，人總會在低谷期進行自救。

既然隻身在外，頭暈目眩，那就退回到自己的小世界裡苟活著。

既然無法在外面尋找到自己的意義，那就重新為自己塑一座雕像。

你總得相信點什麼。

人生的幸福不是和人比較，而是活在自己可控的生活裡。

就像前文提及的那樣，我關閉了社群平臺，不想看其他人的生活過得比自己好，不想和任何人比較，也不想浪費時間發貼文去證明自己過得還不錯。關閉社群平臺從根本上讓我從網路圈子裡回到了真實的人間。其他人的人生不是不可以關心，但前提是我要先把自己的人生過得充實又有意義。

大起大落是人生，涓涓細流是生活。每天撿起一片碎在地上的靈魂，年末做成拼圖送給自己，就是一種幸福、一種療癒。

朋友告訴我她前幾年開始每年會買一個存錢罐，每天將零錢放進去，年終總能收穫一筆驚喜。我在她的建議下，年初存了一筆定期，隔三差五看一下利息，雖然錢不多，每天只夠買一杯奶茶、一份便當，但我異常開心，可能是太久沒有去在意這些小細節。這種肉眼可見的小幸福使自己每天擁有了固定的好情緒。

最好的彎道超車，就是在自己的賽道裡加速。

專心做一件自己喜歡的事，才是安全感的來源。沉浸在自己感興趣的事情裡，會讓靈魂扎根，讓人生的枝條伸往天空，慢慢的，你越來越能扛外界的風，抵寒冬的凍。去年，我花了更多的時間看書和寫作，才意識到，這年頭誰都不缺熱鬧，缺的恰恰是無人理睬的獨處。

做具體的小事，具體的小事能把你從胡思亂想中拉回現實。

學做一道菜，在聚會時為親友露一手。種下一顆種子，陪它發芽、長葉、開花，你的心也會有獲得新生的感覺。我種了檸檬、養了茉莉，看它們結果、開花，就像自己又有了生命。

你的快樂與任何人無關，你的情緒也不應該寄託在任何人身上。能給你快樂的朋友，也隨時能讓你不快樂，學會讓自己快樂很重要。這一年，我減少了和好友的聚會，雖然每次和大家相見確實開心，但聚會結束回到家裡時，巨大的失落感比快樂來得更猛烈。減少情緒起伏的頻率，能讓自己的生活變得更有規律。

如果你要求不多，朋友其實還滿有趣的

我發現，朋友並不是認識的時間越長，兩人的關係就越好；而是這位朋友做了一件你根本想不到的事，如果這件事還與你有關，你大概會覺得「這真是我一輩子的好朋友」。

小象在一個好友群組裡傳了一張他去國外酒吧的照片。照片被朋友放大，圈了其中的物品出來，小象旁邊放了一個大大的，與場合極其不相稱的塑膠袋。

朋友問小象：「你去酒吧，為什麼旁邊還有一個那麼大的塑膠袋？」

小象說：「因為劉同拜託本地的朋友買了很多打折的內衣褲和襪子，朋友轉交給我讓我帶回國。昨晚無論我在哪個酒吧，這一袋子的東西都沒有離開過我的視線！」

群組裡的朋友紛紛問我，到底是什麼牌子的東西，值得我買那麼多，值得小象這麼做。

我假裝沒有看到群組消息，傳了一則訊息給小象：「你真是我人生中最好的朋友呢！」

小象回：「哈哈哈哈哈哈。」

我還有幾位朋友，二十出頭就認識，關係還算不錯。

後來我們的關係變得要好，主要是因為有一年我們把彼此的父母都約上一起出去旅行。

因為父母們在一起聊天很開心，所以孩子們的關係也就更緊密了一些。

父母每次見面都說：「雖然我們生的是獨生子女，但大家的關係就像一家人，多好啊。」

然後我們幾個孩子就說：「我們一定相親相愛，無論大家是否有了另一半，我們一定相互照顧，絕對不讓父母擔心。」

因為我最年長麼，所以一般父母聚會都是我來提議。

如果誰的父母來了北京，我也是第一時間請大家吃飯。

我一直覺得自己是兄長的角色，很多事情都是理所當然就做了。

但我萬萬沒有想到，某次聚會，父母都在，大家喝了點酒，我突然就對其中一位朋友發難了。

我說：「每次你父母來，我都是第一時間請他們吃飯。可是你呢？只要你父母不來，你就不和我聚餐。感覺你根本就不在意我。」

朋友們突然愣住，可能大家都沒有想到，我居然在吃醋。

我說完那句話後，也愣住了，我這是在做什麼？到底是在抱怨，還是在刷自己的存在感？

朋友說：「哪有啊，你對我來說很重要啊，你是我最好的朋友啊。」

「你簡直就是在放屁……」然後我就開始舉例，說著說著，我就哽咽起來。真是要了命了，其實我根本不在意我是不是他最好的朋友，反正打小開始我最好的朋友的最好的朋友都不是我，我早就習慣了。

但我為什麼突然會說這些，為什麼我會說著說著就委屈到哭起來？

那天除了我在哭，大家都笑得要死，他們越是笑，我越是大哭，怎麼結束的也不知道。

第二天朋友們把影片傳給我，我根本沒臉看。

朋友的爸媽私下對他說：「以後劉同找你吃飯，你一定要參加，他把你當最好的朋友，你也要把他當最好的朋友啊，你不要失去這個好朋友。」

朋友哭笑不得，把他父母的話告訴我。

我硬著頭皮在群組裡回覆他父母：「叔叔、阿姨請放心，我們不會絕交的，我可能最近工作和生活的壓力有點大，我就是隨便找了個理由哭一下，昨晚哭完，今天我的情緒果然好多了！」

我從小就是一個很缺朋友的人，越是覺得自己缺朋友，我就越是想和任何人都成為朋友。我的原則特別簡單，只要你願意說「你是我最好的朋友」，我就敢把心也掏出來作為交換——「你也是我最好的朋友」。

我根本不需要對方任何付出，只要你給我這個名分，我就心滿意足了。

我缺友情到什麼程度呢？

高二時，我寫了一張紙條給一個朋友，上面寫著：「你能成為我最好的朋友嗎？如果願意就告訴我，不願意就不用回了。」

然後我就看著他把那張字條扔出了窗外。

哈哈哈，好慘。

但現在想起來，我覺得收到我字條的那個朋友才慘，怎麼會遇到一個這樣的神經病啊？

反正後來，我大概覺得交朋友最好的方式是行動，而不是表達。不是為對方付出多少，而是關鍵時刻能幫到對方多少。

當腦子開了竅之後，我才意識到自己之所以那麼需要朋友，是因為覺得自己的靈魂太孤獨了，想找一個伴。

後來一直找不到朋友，我就開始嘗試讓自己變得不那麼孤獨，就算孤獨，也能從孤獨中找到有趣的部分。慢慢的，朋友就不重要了。

從「你能成為我最好的朋友嗎？」到「你真是我人生中最好的朋友呢！」，前一句是沒有自己的價值，希望依附他人，從別人身上找到存在感；後一句是知道自己的價值，會讓朋友覺得他們的付出是值得的。

二十多年前，我的臉龐是稚嫩的，總覺得站在人群中，有一人心意相通，就有膽量面對歲月可怖。二十多年後，我的表情是冷靜的，人與人能相吸，也能相斥，但無論再相吸的兩個人，也無法成為一個整體，中間永遠隔著「你」和「我」，是天塹，也是倒影。

寫在出版之前：

感覺自己這些年對友情的看法略「喪」，但認真想了想，其實是友情在生活狀態裡的占比開始越來越低。

二十出頭時，會覺得朋友在一起很好打發時間，三十出頭時，會覺得朋友在一起聊未來很有目標感，等到四十歲的時候，每個人都被社會的各種壓力撕扯成很多碎片。

作為子女的你、作為伴侶的你、作為父母的你、作為一家之主的你、作為公司裡年齡偏大的你、作為人生無法維持在高點的你、作為睜眼就看到帳單的你……你覺得自己像經過了一臺碎紙機，再也無法回到那個完整的自己。

如果你現在正處於青春期，我希望以上這段話能減少友情對你的內耗，遇見好的友情值得一輩子去回憶，碰上壞的友情也不會影響你今後的人生。

自語

如果你在乎我，就不要拿我去和任何人比較。
如果你尊重我，就請在做任何與我有關的決定之前告知我。
如果你幫助我，就請知無不言，讓我對前因後果清清楚楚。
如果你喜歡我，請不要用無謂的技巧拉扯我。
眼睛是用來欣賞美好，不是用來看是非的。
耳朵是用來聽旋律，不是用來聽流言的。
手指是用來觸碰溫暖，不是用來指手畫腳的。
無論是朋友、是家人、是戀人、是夥伴，都應先建立一個彼此信任和有安全感的環境，再一同面對外界。
是為團圓美好。

自語

人要如何才能知道自己是怎樣的人呢？這個問題我從十幾歲便開始問自己，一直問到今天。

到今天，我能得出的最準確的答案是——人不可能知道自己是怎樣的人，人只能盡可能多的去了解自己。

每個人都比大海更深，比星空更亮，比宇宙更廣。

我甚至懷疑人類的視野之所以往外太空拓展，去看看外面到底有什麼，完全是人類向內探索失敗造成的。

人的內在不僅廣闊，而且無限；不僅無限，而且這種「無限」隨著年紀的增長還在不停的裂變。相比之下，當你研究宇宙萬物時，似乎只要靈活運用牛頓三定律、萬有引力定律、相對論、電磁學、量子力學、熱力學、宇宙膨脹理論、黑洞理論……你總能窺探並定義宇宙中某些真實的部分。

但人卻不行，你只能盡可能關注自己每日流動的情緒和去往的方向，一路奔波，把自己累死。

第四章

雨過天晴

你突然能看到生活中的細節了。
沒有生命的，你的眼賦予生命。
有生命的，你的心給予溫暖。
你看到了曾經看不見的世界，
你理解了過去無法理解的一切。
天晴，你的世界便開始有光了。
目力所及的一切，都被鍍上了一層金光。
是色彩，也是溫度；是糖霜，也是鎧甲。

嶽麓山的風聲、桃子湖的雨聲，希望你聽到這些之後會想起我

二〇二三年是我大學畢業二十週年。

我還記得大學畢業最後聚餐的那個晚上，大家喝得爛醉，曉東眼含熱淚的站起來，想說點什麼卻又一直哽咽，嗚嗚哭。小白微醺，臉色漲紅，躺在椅子上斜著眼瞟他：「平時不讀書，關鍵時候吃螺絲，你突然站起來我還以為你要唸詩，沒想到你進行了一段抽象表演！」

曉東抽泣了兩下，說：「喝了酒，記不得了。」

接著他從褲兜裡掏出了一張紙，對著紙開始唸：「樟園留下的是歲月的痕跡，今朝告別的是青春的歡歌。但願此行，不負江湖、不負青春年少、不負韶華美景！兄弟們，我們約好了，五年後一定相見！」

用「唸」這個字不準確，應該是朗誦，用不怎麼標準的普通話、刻意放低的

渾厚的嗓音進行朗誦。

小白說：「五年後正是大家做牛做馬、任人宰割的二十七、八歲，我很懷疑大家能不能聚齊，不如定個十年之約吧，那時大家三十出頭，人生都差不多定型了。人生若是已上岸，一定能請到假；人生若是已沉底，每天都能放假。大家肯定聚得齊。」

十年後，不來的是小狗

小白說得沒錯，大學畢業十年那天，我們湖南師範大學九九級中文系三班五十四個人到了四十個。沒來的，既沒在岸上，也不在河底，還身不由己的漂在某條人生大河裡。

十年相聚那天，我和幾個室友過於興奮，中午聚餐時哐哐碰杯喝酒，你看我一眼，我必須乾掉手裡這杯，我看你一眼，我又端起了手中剛滿上的這杯。

中文系男男女女的對話也都直截了當。

「我想你。」

「我好想你。」

「我真的好想你。」

「我好幾次出差經過你的城市，不好意思打擾你。」

遙想相逢情難訴，唯願不擾清夢人。

最令人奇怪的是，當年讀大學時大家的關係也沒這麼親近，可在社會上沉浮十年後，大家突然就能看懂對方了。無論當年關係是否親密，只要坐下來，坐在彼此身邊，聽對方說這十年發生的任何事，都有一種一起活過的感覺。

你看彼此的臉上還洋溢著青春的恣意，但眼前這些人早已走過了三江五湖、四海八荒、九州五嶽，只是回到母校，又變成了孩子的模樣。

毫不意外的，幾個活躍分子喝多了，一直醉到第二天晚上才清醒，其中也包括我。

那晚我們找了一家KTV，大家一起唱歌。很多同學是次日一大早的飛機或火車，所以晚上九點、十點的時候，陸續有人站起來告別。

站起來時還若無其事的人，一擁抱說再見就紅了眼眶。

那就二十週年再見吧？

大家互相送對方走出ＫＴＶ，走下坡，走到巷子口，等一輛可以載客去十年後的計程車。

大家看著彼此，依依不捨，又商量：「我們就坐在路口的熱炒店聊聊天吧，如果誰撐不住了，就先回旅館收拾行李。」

於是，大家就圍坐在熱炒店的桌前，點了涼菜，點了啤酒，在十月微微的涼風中回憶匆匆的青春。

我直到次日早上七點才離開，晨日把大家的臉照得滿是希望，沒有一絲倦意。幾位長沙本地的同學一直堅持到最後，送所有人離開。我們笑著說「十年後再見」，我們約定了「不來的是小狗」。

三十出頭的大家放心往前走吧，再回來時就四十出頭了。

我也要和自己交朋友

十年很快過去。

這十年，我不太記得自己經歷了什麼，好像一直在人生大浪裡打轉，被捲起來，被打下去，反反覆覆。遇見過灑滿月光的寧靜夜海，也在晴空下的海面心無罣礙的漂浮過，但總不是順遂和持續的。

人生最美的風景在你遇見它的那一刻就消失了。

臨近畢業二十年的前一個月，周青傳訊息給我：「我們宿舍的女生打算二十週年一起在長沙聚，你們宿舍呢？要不要一起？」

後來人傳人，宿舍傳宿舍，最終還是聚齊了三十一位同學。二十週年再聚，這已經是聚會人數最多的中文系班級了。

第一天晚上，推開包廂，裡面有二十幾位同學，熱熱鬧鬧，周青她們宿舍全員不在。

傳訊息給周青，她說她們宿舍想先自己聚一聚，晚一點再和大家會合。我能理解，大家天南地北要見一面不容易，得先把心裡話說給親近的人聽。雖然絕大多數同學十年未見，但二兩白酒下肚，便將往日的上下鋪情誼、代簽到情誼、互相偷看試卷的情誼等全都勾了起來。

曉東酒量實在不行，才半小時，他就站了起來，漲著通紅的臉，舉著剩下的半盅白酒，看了一圈在座的同學，又開始哽咽。

小白在一旁，還是用二十年前的語氣悠悠的說：「如果沒有記住自己寫的詩，就不要硬背了，直接拿出稿子朗誦吧。」

曉東揚了揚手中的酒，讓大家靜一靜，然後開始背誦：

那時我們有夢
關於文學
關於愛情
關於穿越世界的旅行
如今我們深夜飲酒
杯子碰到一起
都是夢破碎的聲音

曉東大學畢業之後去了廣東某個沿海城市的警政機關就職，現在多少算個官員，但他一點變化都沒有，還是喝多了喜歡唸詩，開心了喜歡把大家聚在一起，臉還是那麼紅，唯一不同的是，他的普通話變得更差了。

可古怪的是，這變得更差的普通話，卻將北島的這首短詩演繹出了人生的跌宕起伏。那夾雜著湖南方言和潮汕方言的腔調，將在座所有人二十出頭到四十出頭中間的那段迅速剪了下去，就像「懵懂無知」的旁邊坐下了「老成持重」，那不是一個人對歲月的妥協，而是人生這本書上一個人的封面與封底。

女同學開始哭，男同學也眼含熱淚，同學聚會最妙的就是——彷彿所有人都置身在濃度過高的氧氣裡，稍微擦出一點火花，就能燃起熊熊的思念之火，迅速燎原。

聊到大學的誤會，哭。

聊到大學的暗戀，哭。

聊到比賽時鬧下的荒唐，哭。

所有的喜怒哀樂，一旦在時間裡浸泡了足夠多的時間，拿出來回味時，無色無味卻能讓人一直淚流滿面。

大家的聚會從晚上六點到九點，又換到漁人碼頭吃消夜到十二點，鬧過哭過笑過，周青宿舍的人還是沒到。我有些生氣，覺得她們過於自私了，便傳訊息給她：「都四十好幾的人了，怎麼還是喜歡放人鴿子？」

周青立刻回我：「怎麼，你們結束了嗎？那你來我們這邊好不好？」

周青是我大學時關係最好的女同學。大二時，我天天坐在教室最後兩排寫小說，某次她看見，非要幫我審閱一下。我雖然尷尬，但還是鼓起勇氣遞給她，她花了一節課的時間看完，說我寫得好，還想看後面的情節。慢慢的，她就成了我很多文章的第一位讀者。我的那些心思、祕密在文字裡暴露無遺，她邊看邊覺得新奇，但從來不問我，我也從來不解釋。紙上的東西就是紙上的，與現實沒有關聯，我和她的默契就這樣慢慢建立起來。

看來無論過了多少年，我倆依然不在意對方的情緒，仍舊習慣直接說出自己的目的。

我看著簡訊，那是一個解放西路的位址，像個酒吧。我想她們一群人大概找了一家清吧，聽著舒緩的音樂，正在暢聊當年情。

我到了之後，發現是一整棟樓的 bar（酒吧），放眼望去全是二十出頭的年輕人，我站在其間覺得自己格格不入。突然一個人走到我的面前，拍了拍我，我第一眼沒認出來，那是化了精緻妝容、穿了禮裙的周青。她的手在我面前揮了揮：「狀態不錯啊，看起來不像四十歲的叔叔，走吧，大家在等你。」

我心想：「妳是在誇妳自己吧。」

我問：「妳們為什麼要來夜店跳舞？」

周青不耐煩的說：「你問題怎麼那麼多，不就是因為以前讀大學的時候想來卻沒錢麼！」

走過一長段幽暗的長廊，一拐彎，數百人在閃爍的燈光和乾冰噴霧下甩著自己的靈魂。

看見我來了，周青宿舍的女生們紛紛向我揮手，借著雷射燈的閃爍，我才發現她們每一個人都是盛裝出席。她們將四十歲的自己留在了各自生活的地方，而將二十出頭的自己帶來和大學同學聚會了。

不知怎的，我突然想起周青說的那段話：「以前讀大學的時候沒錢，經過酒吧也不敢進去，只能在心裡默默想，以後有錢、有時間了一定要來看看。」後來她們忙於工作、忙於婚姻、忙於家庭，早已經忘了那站在酒吧外面只瞅了兩眼的自己。所以這一次趁著二十週年同學聚會，這群「中年少女」非要實現自己年少時的心願才行。不能讓瑣碎的日常，掩埋了自己的萬丈光芒。

我突然就在心裡原諒她們放我鴿子了。

我問其中一位女生：「好玩嗎？」

她是我們大一的班長，是我們班最早網戀且成功的人，一畢業就和網戀對象結婚生子，出國念書，過得充實。

她說：「好好玩啊，好久沒有那麼放肆了。」

我很納悶：「這哪裡好玩了？大家來酒吧都是交朋友的，誰會自己一個人亂跳啊？」

她大喊：「對啊，我們就是來和自己交朋友的！」

中文系人的這張嘴，發瘋隨口說出來的話，都讓人很好哭。

我也就不管不顧，自己乾了一杯酒，和大家一塊跳起舞來，我也要和自己交朋友。

我畢業於世界上最好的大學，反正我也沒有讀過別的大學

二十週年聚會的地點是嶽麓山上的一間民宿，民宿在後山有一個很寬的露臺，這也就成了我們茶話會的地點。大家忙前忙後幾個小時，氣球、橫幅、水果、啤酒、涼菜、小龍蝦、KTV設備全都備得整整齊齊，大家剛合影一張，突然山頂就迎來了滾滾烏雲。

當年我們的輔導員梁老師也來了，我們問他怎麼辦，要下雨了。梁導和他年輕時還是一個性格，說：「冒雨交心才有意境麼。」

話音剛落，鋪天蓋地的雨砸落在露臺上，瞬間大家的衣服就溼透了。大家笑得不行，幾個人躲在一把小傘下，有人化了半天的妝瞬間就花了，女同學納悶：「我明明買的是防水的啊，這個牌子也太不好了吧。」

這時姜驊對我說：「猴子，猴子，你快唱歌啊。」

我沒明白是什麼意思。

他說：「〈天晴朗〉那首歌！你還記得不，大一的時候，你唱了，雨居然就停了！」

二十幾年前的一場大雨，突然在二十幾年後澆醒了當時的回憶。

那是我進入大學後淋過的第一場雨。當時所有新生去十幾公里外的射擊場拉練，爬山路爬到一半的時候，一場暴雨突如其來，所有人全身都溼透了。我也不知怎的，突然開始大聲唱當時很流行的〈撥浪鼓〉：「天晴朗，那花兒朵朵綻放，聞花香，我想起年幼時光……」大家哄笑，我也不管，趁著雨勢扯開了嗓子，然後陸續有人與我合唱。沒一會兒，雨就停了。

「天晴朗！」我對著山頂大吼一聲，「啪」，天空劃來一道閃電，梁導臉色一變：「快回去！閃電了！這裡的樹太多！」

幾分鐘後，三十幾個人便溼漉漉的擠在了民宿的小會議室裡，身上散發著蒸汽，久違的宿舍的味道又出現了。

所有悉心的準備，都被一場暴雨澆溼，小會議室裡彌漫著一股奇異的尷尬。

這種尷尬來自大家心裡都想見到對方，可二十年裡，這裡面絕大多數同學只見了兩次。寒暄唯一的結果就是把氣氛變冷。

在師大留校任教的魯良把麥克風遞給我：「來，你來主持吧，十週年就是你主持的。」

我拿著麥克風，腦子裡一團糨糊，完全不知道該如何破冰，我自己心裡產生了一種「太尷尬了，為什麼要聚會，好想現在就離開」的衝動。

我說：「那這樣吧，從最左邊的同學開始，大家都說一說自己的近況，互相了解一下。」

小白第一個說。他大學畢業去了部隊做文職工作，後來轉業進了政府機關，待了十年後又進入企業負責黨建的工作，他的發言帶著濃濃的官員做派，就好像他在幫大家開會一樣。

他說：「大家千里迢迢來相聚，克服了種種困難，確實不容易……。」

我看著他：「能不能不要那麼官方和客套！」

他說：「你等一下麼，事情總要循序漸進啊，你怎麼從大學到現在都還是那麼急？」

我說：「這個局面都要垮了，我怕你說完，大家就散了啊！」

同學們聽我倆鬥嘴，氣氛稍微緩和了些。

小白接著說：「我現在負責黨建工作，做得最多的事情就是寫報告。我有一個感受想和大家分享一下。我發現了一個很奇怪的現象，就是別的科系的人寫彙報報告，怎麼寫都感覺哪裡不太對，但中文系的就不一樣，什麼報告都能寫得得心應手，寫得漂亮。我真的特別感謝中文系，雖然以前讀書的時候完全不知道自己學了什麼，年紀大了，總算知道了。」

雖是笑言，卻開啟了大家對學中文的感慨。

輪到毛笛，她說：「我現在是一家投資新能源企業的總助。其實這個職位和我的專業一點都不符合，當時總裁要在全公司找個助手，誰都不行，後來看了我的簡歷和在公司的經歷，覺得我學中文的，應該沒有問題。事實證明，好像確實也做得很得心應手，我也很感謝中文系。」

曉東說：「大家都知道我一喝酒就喜歡朗誦，很多剛接觸我的人都覺得奇怪，覺得我是表演型人格，但後來他們知道我是中文系的之後，就覺得我應該這樣，而且覺得我更有魅力了。」

小白又在旁邊默默的說：「你本來就有表演型人格……不要搞壞了我們中文

系的名譽。」

哈，哈，哈。

輪到我了。

我沉默了一會兒，不知道從何說起，就乾脆隨著自己的情緒來：「我本來不想參加二十週年聚會的，因為這幾年是我情緒最糟糕的時間，我對現在的自己不滿，也對未來的自己沒有信心。我在北京工作了很多年，身邊都是厲害的人，我覺得自己在這些年的長跑中落後了，我沒有寫出自己喜歡的文字，也沒有做出值得驕傲的電影，我整天心神不寧，每天都在懷疑自己是不是入錯行了，但就算入錯行了，我也不知道自己該往哪個方向走。總而言之，我對自己失去了信心。」

我也不知道我這麼說同學們是否能理解，其實我也並不需要得到理解，因為我說完上面那段話之後，自己就哭了。有時候，人的很多行為並不是要得到一個準確的答案，敢於說出口就已經是一種自我拯救了。

我覺得我開了一個好頭，因為從我之後，大家都進入了自言自語、自省的狀態，好像並不害怕自己被人抓住把柄，也不羞於呈現自己的不堪，和人生對抗的同時也在和自己對抗。

紅豆杉說：「其實我今天原本來不了，我老公出差，我婆婆住院，我要照顧兩個小孩，我每天都很崩潰，但我偏偏來了，還把兩個小孩帶來了！我就是想見你們，就是想喘一口氣，我也想讓我的孩子們看看我的同學們是什麼樣子的。我覺得你們都朝氣蓬勃，都很有能量，我想告訴孩子，媽媽的同學都是厲害的，媽媽以前也是這個樣子，以後也能是這個樣子，現在的媽媽只是暫時的。」

有人走過去，緊緊的抱住了紅豆杉。

大家說著，我心中已滿是烈火，我已經很久沒有產生過這麼濃郁的情緒了。我覺得自己的身體早就空了，怎麼又能如此飽滿了呢？

那邊，謝莉莉正在說：「近三年來，這三天，我第一次喝酒、第一次喝醉、第一次流淚、第一次失態！」

這邊，我打開手機，飛快的寫了一些文字：

下午提前走了晚上又來的同學、待了一會兒又忙著去工作的同學、想念大家又來不了的同學，大家都有一顆蠢蠢欲動的心。其實我們在一起多久並不重要，我們什麼時候能再相聚才重要。那些「中年少女」去夜店放肆，是彌補過去自己的遺憾。那些中年男人喝酒喝到吐，只是人間的生活常態。每個人都有自己的難堪，有自己的不滿，也有過不去的坎。但是，我們在一起的這一點點，很短的這一點點時間，每個人都流露出了真正的自己，不是嗎？很希望不要等整數年再聚了，我們隨時可聚，因為這是一個不讓人交際，也不必交際的團體，在這裡，每個人都必須是最真實的自己。曉東說他畢業於世界上最好的大學，因為他也沒有讀過別的大學。我覺得沒錯，這裡就是全世界最好的大學，因為遇見了十年、二十年、三十年依然能夠見面的各位。眼淚不是為各位而流，而是為今天的自己流。誰能想到呢，中文系的我們，做風投的、新能源的、基礎建設的、廉政的、文化娛樂的、教育的……畢業那天像煙花那樣被放上天空，奔赴各自的命運。今晚三小時暢聊，是過去二十年未見的沉澱。我希望我們還能繼續見、持續見、永遠見。有一處可以哭出來、喊出來，也沒有人會覺得你奇怪的地方，就是這裡。因為我們是同一片土壤裡的種子。二十週年聚會快樂。

一口氣寫完傳到了群組裡，語無倫次，卻異常輕鬆，感覺自己淤堵的胸口一下就通暢了。

這時，曉東突然說：「給我一個麥克風，剛才猴子寫了一段文字傳到群組裡，我覺得很感動，來朗誦給大家聽！」

四十歲的「少年」也要加油啊

分別前，大家都已微醺，我跟大家揮手再見。周青叫住我，在路邊對我說了很長一段話。

她說：「謝謝你喲，好像每次看到你，都讓我覺得人生很有希望的樣子。」

我擺擺手，想跟她說自己真實的狀況。

她接著說：「我知道你過去的幾年焦慮到長期失眠、耳鳴，本來就不多的頭髮，還斑禿了，現在還沒好。

「你寫的每一篇文章我都在看，也用你不知道的帳號在每一篇文章留過言。

「我知道你也許看不到，但是我知道，當你敢把自己的內心活動和人生焦慮寫出來的時候，你就已經鼓起了很大的勇氣在對抗。

「我不是因為你總是笑著，總是一臉無所謂的樣子覺得你很強大。

「而是因為知道你跌倒了，卻總是掙扎著想爬起來的樣子，覺得你還沒有被打垮。

「你內心敏感，又那麼愛哭，心裡一定裝了很多東西，外界稍微震幾下，你貨架上的東西應該早就落得遍地都是了吧。

「我能看到你一直趴在地上收拾，狼狽不堪的樣子。

「但我也能看到你還憋著一口氣的樣子。

「我很喜歡你在《我在未來等你》中寫的那句話：『少年最好的地方就是：嘴裡說著要放棄，心裡卻都憋著一口氣。』

「其實我們都是一樣的。

「內心雜亂，總想找一個人或等一個人來拯救自己。但事實就是找不到，也等不來任何人幫自己了這個難。只能靠著自己一點一點收拾，先是蹲著，後來累了就直接跪著，熬不下去了就直接坐在地上哭一會兒，哭累了，繼續收拾自己的人生。」

我一個字都沒說。

就像她第一次看了我的小說，讀出了我的祕密，我第一次被人看穿卻一點都不尷尬，滿是感動。

她說：「好了，你的車到了，繼續加油吧，四十歲的少年，我會繼續在遠方幫你加油的，也希望你能為我加油。」

一個人不是因為總是笑著才強大，而是因為跌倒了卻總想掙扎著爬起來，證明我們還沒有被打垮才強大。

尾聲

二十週年聚會落幕了，群組裡的大家還在回味。

小白回到了廣州，傳給大家一則訊息：

垂死病中驚坐起，燃燒我的卡路里。

枯木逢春猶再發，聚會一次再少年。

期待下次見。

大臉貓沒有參加最後的班會，她在群組裡傳：

今天因為要帶孩子回家，所以缺席班會，很遺憾。隔空看了大家的感言，很感動，特別是最愛師大的主題，哈哈，聽完自己都感覺很了不起（偷笑）。畢業二十年，我們成為員工、妻子、媽媽，我們交了很多的朋友，大都是同事或者孩子同學的媽媽（捂臉），可是只有在你們面前，我們才是二十年前那個最真實、最純粹、最青春、最心懷夢想的自己。我們彼此了解，所有的弱點；看過，所有的尷尬；幹過，所有的糗事。還有那些，追過你和你追過的男生。二十四年前的相遇，是奇妙的緣分，二十年後的重逢，卻是多麼可遇不可求。祝福和致敬中文三班，還有我們最可愛的七三〇／四一三寢室。

宋立傳了一首長詩：

如果
二十多年前

你總是
晨讀聲音太大
驚走樟園的小鳥
總是
上課遲到三分鐘
嘴上還咬著德園大包
總是
占著圖書館位子不看書
打瞌睡涎水流在《唐宋文選》上
總是
考試臨時抱佛腳
得了六十一分就喜極而泣
總是
月初胡吃海喝不留錢
月末淚汪汪輪流討口糧

還有
普通話考試打結巴
喜歡給系花寫情書
南郊公園燒烤不放鹽
鳳凰船遊掉河裡
桃江實習寫錯板書
讓我那麼好笑
你總是
清晨早起占位子
我等懶蟲享清福
總是
認真聽課做筆記
年級流傳手抄本
總是
懸梁刺股立大志

寒窗苦讀居榜首
總是
公正不阿勇當先
橫刀立馬起風雲
總是
彼此友愛相牽掛
時日久長見真情
還有
眼眸明亮向我微笑
風急雨驟為我撐傘
傷心大哭為我抹淚
病臥宿舍給我打飯
讓我那麼好哭
下輩子不要跟你做同學

如果
二十多年後
你還是
妙語連珠滿堂彩
表情滑稽惹人愛
還是
一家四口一張臉
敢穿泳褲露身材
還是
身姿敏捷如猴子
筆耕不輟正能量
還是
身體嬌弱易受傷
一瘸一拐要人扶
還是

等一切風平浪靜

天下美食我皆愛
橫掃餐桌肚兒圓
還有
一言不成急跳窗
半夜狂歡猛跳舞
長沙街頭喝茶顏
管教崽崽急蹦腳
一要合照就眨眼
讓我這麼好笑
你還是
如花容顏纖纖腰
恍若入學第一天
還是
自述經歷訴肺腑
數度哽咽感人懷

還是
愛崗敬業評正高
一片丹心一片愛
還是
為凝班魂細籌劃
不辭辛勞苦奔波
還是
零零散散暗感慨
整整齊齊再相約
還有
見面一抱淚盈眶
腿腳不便揹上樓
拖箱包裹幫我拿
依依不捨揮淚別
讓我這麼好哭

下輩子不要跟你做同學

——〈下輩子不要跟你做同學〉

我讀著群組裡這些文字，不僅回到了過去，還透過它們看見更遠的未來，清晰而透澈。

我翻出了自己十幾年前寫的一篇關於中文系的文章。

別人問：你是中文系？
只是簡單的疑問句
但我卻豎起了身上所有的神經
你並非能言善辯
你並非文筆流暢
唐詩宋詞四書五經有多少能倒背如流
為何你觀點大眾
為何你不特立獨行

你應該要戴眼鏡　你不能聽靡靡之音
你應當沉默　不能太快樂
你寫的詩裡應帶著酒勁
你談戀愛聊的是《家》、《春》、《秋》
還是《穆斯林的葬禮》
你與當下無關　更適合活在過去
你不是書呆子就是人精
看經典被嘲沒主見
看流行被諷很膚淺

你躲著了解亨利．米勒的隨性　海明威的細膩
村上春樹跳脫　巴金鉅細靡遺
你喜歡王爾德放肆　尼采刻薄
聶魯達的熱情
還有一位叫吳長纓的作者常用少見的比喻　衛慧的恣意

你看不懂《百年孤獨》、《似水流年》、《尤利西斯》
卻對《查泰萊夫人的情人》情有獨鍾
還有好多　都藏在心裡無法與人言語
既細膩又矯情
怕與喜歡砌成了一堵一堵的牆
把人封在裡面不想對望
也是這些細膩矯情
像彈珠遊戲
打破了人生內裡一面又一面的玻璃

寫歌詞的羞愧成不了一首詩
寫散文的羞愧不如寫小說的痴
寫報告總覺得浪費了手中那枝筆
總之是愧對了已是地中海的禿頂
常常愧於承認自己是中文系

一句「我是文科生」就打發了自己的曾經
中文系讓人有敬畏心　讓人害怕很多東西
中文系時刻在提醒——活出自己比假裝痛苦更有意義

——〈你是中文系？〉

最喜歡的場景是我們坐在五舍廣場的臺階上一起分享電影《郵差》（*The Postman*）裡看到的那幾句：「你曾問我島上最美的是什麼，我為你錄下海浪、風、父親憂愁的漁網、教堂憂愁的鐘聲、星空和新生命的心跳。當你聽到這些時，會想起我。」

這麼些年過去，覺得「活出自己比假裝痛苦更有意義」，更覺得「接納痛苦，才能活出真正的自己」。

麓南山腰的霧氣，二里半的小雨，木蘭路的匆匆，麓山寺的暮鼓晨鐘，這些風景化為溫度，烙在此後大半生的為人處世中。

那時很疑惑，自己讀這個科系的意義是什麼。

現在已經能回答那時的自己，你讀中文系是為了遇見這群真摯可愛的人啊。

我最焦慮的時光，是如何度過的

這些話，是寫給此刻看到的你。我已經從年前精神極度焦慮、緊張、失眠、斑禿的困境裡走出來了。除了看醫生吃中藥，先讓自己的身體變得有安全感以外，我覺得對我幫助最大的是我認清了幾件事。

■ 我不重要

即使我把某件事做得足夠好，真正為我開心的人，除了自己，這個世界上也沒幾個。我根本征服不了更多人，不是因為能力不夠，而是絕大多數人都只關心自己。

所以，去做一件事，能讓自己快樂，竊喜，就足矣。別做征服他人的白日夢，別給自己壓力。

■別人根本沒有那麼在意你

因為我不重要，所以把某件事情搞砸了，其實也不會被釘在恥辱柱上，抬不起頭。所有的自我貶低都是你每天給自己的。

我每天問自己：我盡力了嗎？該怎麼辦？別人問起來該如何回答？別人怎麼看我？

這些問題毫無意義。因為沒人在意我，我搞砸的事根本就沒人在意，絕大多數人都不關心結果，他們甚至不關心你在做什麼。

只要你不被自己打垮而停滯不前，繼續認真生活個三、五年，去做自己喜歡的事，每天喜氣洋洋、自信滿滿，就沒人會記得之前你搞砸過什麼。

「苛求自己」聽起來是完美主義，其實就是「把自己看得太重要了，以為自己是世界的焦點」。你以為的失敗其實屁都不是，放了就放了，一秒就稀釋在空氣裡。

如果你並不是因為別人的看法而生氣，只是因為自己不滿意，只要不影響情緒那也沒問題。

■可以努力，但不必非要成功

努力是你自己全身心投入去做了某件事，做到了是經驗，失敗了是教訓。看過一段話：人生中大部分事情是你決定不了的，但是你一定要盡力。**你要盡力而為，但要接受命運的安排**，個體過於渺小，但一個人的人生最重要的事情就是認識到自己的稟賦，並朝著你自己的稟賦努力前行。

我告訴自己——我是一個很感性的人，對喜歡的事情容易融入情感，喜歡寫點文字，如果有人喜歡並產生共鳴就是我的意義。如此簡單，又力所能及，不要在意他人，只管照顧好自己的小情緒。

所以我好了，希望我們都能更好。

世界全是因你而起的風景

我現在對很多事情唯一的要求就是請讓我開心一點。無論是戀人還是朋友，待在一起開心，比什麼都重要。如果三天兩頭埋怨，一言不合就爭吵，我寧願自己一個人待著。

也許我曾經很喜歡你，但後來我發現——如果我不擁有完整自然的自己，我就沒有能力去愛你，你也得不到我最好的樣子。不知從何時開始，我不再第一時間考慮對方的感受和情緒，而是思考：為什麼我覺得彆扭？為什麼我不舒服？是哪裡被冒犯了，還是哪裡被輕視了？如果可以，我會提出抗議，如果不行，那我選擇消失。

我從合群陪笑的那一個，變成了離群索居的那一個。誠然，一開始我覺得害怕極了，覺得自己是被排擠了，可一天兩天後，當我的靈魂觸角意識到這是一個全新無害，沒有人會突然冒出來傷害自己的環境時，靈魂便漫山遍野的發芽、開花了，隨意而居，盤地而坐。任何·個小的念頭都能讓我蹲下來研究很久，任何一件日常的小事都能讓我浮想聯翩。

這一切最幸福的是——我的思緒想走多遠就走多遠，抓住一陣風，去千里之外看一眼；又抓住千里之外的幾陣風換乘回來，一分鐘就可以走遍一個世界。

在這樣的世界裡，沒有別人，全是因你而起的風景。

你若能耐得住寂寞，你一定會為這一切感動到落淚。湖面突然傳來的冰裂聲，是告訴你天氣轉暖了。一陣太陽雨，讓你看到了雨中年少雀躍的自己。一群候鳥在為你南飛。最後一片落葉連著飛雪，大自然為你準備的一切，終於被你看見了。

我很喜歡一句話：「除生病以外，你所感受的痛苦，都是你的價值觀帶給你的，而非真實存在。」

所以我也常對自己說：「除健康以外，我所體驗到的快樂，都是自己內心的感受和個人價值觀的影響，而非統一存在。」

這樣一來，痛苦並不是真的痛苦，而快樂則成了真的快樂。

我知道現在也許你會感覺到有些難熬，但你要知道，很多人也過著和你一樣的生活，他們當中有人難過，有人快樂。我希望你是後者，能從紛雜的世界裡看到世界為你獨自創造的細節。

一隻翩翩飛過的蝴蝶，一條追隨了你半路的小狗，一片映紅你臉頰的夕陽，一節你上車了才緩緩關閉的車廂，如果不是因為你，它們都不存在。它們既然存在了，那就是你在這個世界的意義。

我希望我們都比昨天快樂一點，畢竟很多有趣的事物和細節，都因為你的留意而有了存在的意義。

我只是想喘口氣

小遠離職兩年後，我再一次和他聊天是在直播上。

他出版了新書，問我能不能幫忙直播連線。

忙自然是要幫的，我把他招進公司，帶著他一起工作，看著他獨當一面，又看著他陷入工作泥沼，自我掙扎，最後離職創業。

他離職的時候，我也正處於專案失敗的職業低谷期，每天在痛苦中來回糾結。擔心別人看不起自己，又擔心自己過於在意別人的眼光；擔心自己從此一蹶不振，又擔心自己就算爬起來了還會在同樣的地方跌倒。

害怕光，又害怕自己被照得不夠亮。

害怕暗，又害怕填埋自己的土蓋得不夠滿。

收到他離職告別的訊息時，我有些震驚，有太多問題想問，也有太多不解想抒發，但轉念一想自己的處境，覺得毫無說服力，最終只回了一句：「既然做了決定，那就對自己負責，加油，有需要就說。」

自顧不暇，哪有精力評價他人的人生？

時間一晃，以兩年為一個單位，小遠傳訊息告訴我他要出書了。

我心頭一暖，原來他還記得我和他的那個約定。

小遠是參加主持人大賽進入光線傳媒的，他入職後第一個問題是：「其他主持人長得都很好看，我那麼普通，為什麼你們還選了我？」

我哈哈大笑，誇他還滿有自知之明，他的臉立刻閃過一抹尷尬。

很多時候，貶低自己的提問方式只是想收穫更多的肯定罷了，他需要的是信念感。

然後我很認真的告訴他：「你主持得不錯，所以就顯得你也好看了不少，你最與眾不同的地方是你會寫東西，這些年也一直在堅持創作，如果你想走得更遠，就一定要保持下去。」

後來無論我們是在一起工作，還是換去了不同的部門，我都會提醒他必須堅持寫下去。

終於，他的書寫出來了，而我也從低谷走出來了。

我問他：「為什麼要從一個工作了十年的地方離職？在這裡，你可以做很多事，公司也會支援，為什麼你非得離開，自己創業呢？」

他說：「我覺得自己管不好團隊，公司其他同事似乎也不喜歡我，我每天都覺得很壓抑，不開心。」

≋

回憶一下就浮現了。

二十六歲的我和兩個朋友坐了一下午，聽她們轉述其他朋友是如何的討厭我，如何看不慣我身上的毛病，說我是不是應該更在意一些朋友的感受。

回公司之後，我整個人心不在焉，和老闆開會的時候亦是如此。

會議結束，老闆讓我留下來，等人散了，她問我：「你怎麼回事？」

我想了想，就把自己來北京的前因後果說了，和一群朋友來了北京，現在卻被大家排擠，我不知道自己該怎麼做。

老闆說：「你在北京是靠工資活下來的，你的工資是我發給你的，我不討厭你，還不夠嗎？你那些朋友討厭你，他們養你嗎？」

我琢磨了兩、三遍她的話，整個人的感受立刻從電影第三幕進行到了第四幕，靈魂破殼，主角醒悟。陰暗昏沉中透入了明媚春光。

朋友自然是重要的。在北京無依無靠，朋友就是避風港，失去了朋友就好像船沒了碼頭，隨風飄蕩，下一刻就被捲入暗流，不見天地。

說白了，自己沒有安全感，唯一能給我安全感的就是朋友。

而老闆的一番話讓我意識到，我靠自己的能力能養活自己了，我能自己造碼頭了，不必在意外面那些風浪，他們可以與我無關。

我在光線已經待了近二十年，前十年我的人緣不好，同事們也不喜歡我，但我並不在意他們如何看我，只在意我是否把自己的工作完成了，是否對得起自己領的這份工資。

反正我的工資不是同事發給我的，而是老闆。

當我把一切都簡單化之後，我自在多了。

有天想去露天游泳池游泳，卻突然狂風大作，於是我躲在房間聽法國樂隊From Your Balcony 的專輯。

他們的音樂灌滿房間時，就讓人產生了潛水的感受。

歌曲〈孤獨〉（*Loneliness*）的評論區都在討論人的孤獨性——總是渴望被理解，卻又害怕被看穿。

當然還有大段的抒情比這一句更為細節。

只是人們確實如此，在左右搖擺時，忽而選擇了往下跳，在鞦韆可以前後蕩漾時，選擇了原地轉圈作繭自縛。

因為想不通，所以胡亂做了決定。或者因為想通了，所以可以胡亂做決定。

我問小遠：「一切都似乎很好，也能解決，那你非要離職的原因是？」

他沉默了一會兒說：「我過得不開心。」

他接著說：「雖然離開你們之後，我過得更累了，但我笑的次數多了。」

我突然就懂他了。

沒有那麼多利弊去權衡，只是想讓自己喘口氣，反正能活下去就行。

她像個和生活廝殺倖存下來的女俠

Ann傳了一則訊息給我，說看了我生日寫的文章，覺得寫進了她的心裡。

Ann是我大學學姐，我們認識很多年了，光認識不足以說明我倆之間的熟悉，就像她訊息裡說「寫進了她的心裡」，我都不用問是哪一段，因為我知道是哪一段。

「那時的我對著鏡頭說著自己最難堪的狀態，把自己揉碎了拆開了說，我能看到自己雖然笑著、冷靜著在表達，但其實背後的我早已經碎了一地。我能看到碎了一地的自己，還在盡量保持理智和清醒，不想被水沖走。但也沒有再試圖去對抗外力，碎了就碎了，我不想讓自己過於辛苦。自己承認，對外界訴說，不隱瞞，將最細枝末節的感受和盤托出。不是為了得到同情，而是我知道一定在很多的地方，有很多人和我遭受著同樣的困擾。」

Ann是大廠的中階管理人員，定居在上海，早些年每次出差，我都會約她見一面，聊聊近況。後來她忙得分身乏術，見完面還要趕回去加班，我實在是不好意思再打擾她，就很少約她見面了，兩個人偶爾傳個訊息問候。

疫情三年，我們沒有見面，疫情結束後我去上海，約了她。她沒有化妝，或許是來不及，她見到我之後微微一笑，眼睛裡閃著一些莫名的神情。

甚至都沒有寒暄，她便說：「為了孩子我離職了，現在是全職媽媽、全職太太，成了我之前最害怕變成的樣子。我剛把孩子從游泳班接回家。我已經很久沒有見人、沒和人聊天，也很久沒喝酒了。」

說著，她把杯子裡的紅酒一飲而盡，像個和生活廝殺倖存下來的女俠。

那天晚上，我沒有問她任何細節，也沒有問她是否後悔了，因為 Ann 從來就是一個很果斷的人，決定的事情就會不顧一切去做，過程再狼狽她也不會認，非得把一件事情全部完成才會重新紮一下已經凌亂的頭髮。

我靜靜的聽她說著這些年：婚後的生活，養育孩子的日常，工作是如何的令人崩潰，現在的生活是如何的讓她抓狂，她利用一切空閒時間看書、寫作，把枯燥放在油鍋裡又煎又炸又燜，既然食材本身毫無可取之處，那就多放一些佐料為自己燉一碗有滋有味的熱湯。

十點，她說女兒要休息了，她得回去陪她。我們在街頭告別，她看我上了計程車。

沒一會兒，她傳了訊息給我：「你上車的時候，我哭了，不知道下一次我們再見是何時，希望下一次再見到你的時候我不會那麼狼狽。」

後來，每每我寫完一篇文章發出來，她總是細細讀完，傳一些她的感受給我。我可以回，也可以不回，我知道她在用這樣的方法找她自己人生的錨點。

我和 Ann 的關係很奇怪，她並不知道我生活的細節，我身邊的朋友她也認識不多。她的朋友我甚至一個都不認識，也不知道她的人生細節。但從大學時，我倆就總是約著聊天，從不聊具體的某個人、某件事，而是聊某些奇怪的感受和狀態。

後來她出國留學，我在電視臺當社畜，很多次我回到家都凌晨兩、三點了，但只要郵箱裡收到了她的郵件，我都會振奮的一口氣讀完，把自己的感受原封不動的回饋給她。

我們離得很遠，卻又走得很近。

作家周國平寫過：「要親密，但不要無間。人與人之間必須有一定的距離，相愛的人也不例外。」

我和 Ann 作為朋友，做到了「親密有間」四個字。

我問 Ann：「二〇二三年妳過得好嗎？」

她說：「哈哈，二〇二三年我把女兒陪伴得很好，學科第一的那種，我知道自己放棄了什麼，得到了什麼，一切都很公平。你也一樣，你放棄了熱鬧，卻收穫了自己的寧靜。希望二〇二四年我們都能邂逅更棒的一年。」

話裡有情緒，情緒裡有沉澱，又在沉澱中攪起一些渾濁，讓生活變得不那麼單調。這大概這就是我們必須面對的成長人生吧。

自語

我對自己好到什麼程度了呢？

只要自己待在一個場合，產生了某種不舒服、不自在感，就會直接說「我不太舒服，先走一步」。以前會一直忍著，告訴自己忍一忍就能過去。

產生不舒服的念頭時，就已經是大腦給自己發出的警告了，如果一直忍，就會消磨掉自己的敏感性，好像凡事忍一忍就能過去。

「忍一忍就能過去」這個想法本身就是錯的。

最好的做法是讓自己變得愉快起來，最好能將讓自己不舒服的環境調整為舒服的環境，調整不了那就脫離，首先要保護好自己的情緒。

交友也是一樣的，感覺到不舒服的話就說出來，讓對方意識到你被冒犯了。

雙方能溝通最好，溝通不了就直接走人。

不要爭吵，不要讓自己失控，一切的出發點都是保護好自己的情緒，不要讓它受到驚嚇。

第五章

清風徐來

坐下來，聊一些過去的事。
一壺酒，一杯茶，三、兩小事，溫熱一個冬季。
你的腳剛穿過林海雪原，
所以走過的每一步都帶有深淺不一的印跡。
她的眼剛看過初夏的群山，
所以每一寸目光都帶著撫慰人心的清涼。
將時間打包成行囊揹在肩上，相互交換。
你問：「這些年你過得好嗎？」
我說：「這就是我們重遇的原因。」
怎麼說呢？
過得不錯，才能在這條路上再次遇見你。
過得一般，才需要再遇見你作為一個好的開始。

你值得世界上一切美好

兩個月前，一位女性朋友看中了一套房，是老家的大平層。她說大概要花兩百萬元，很貴，但是她打拚了十幾年，終於有了這個積蓄，問我的意見。我說如果這個房子能讓妳變得更好，更有底氣，我覺得沒有問題。她很開心，說自己能想像得到住進去後人生一定是閃閃發光的。

前兩天，我突然想起這件事情，問她房子買了沒。她說沒有，欲言又止。我問是不喜歡了，還是賣完了。她說她已經付了訂金，但是弟弟結婚，買婚房少了幾十萬，父母向她借。父母說她都三十好幾了，單身也不結婚，住那麼大的房子有什麼用。弟弟結婚，馬上會有孩子，一定要有房子。她覺得也對，就退了訂金，借了錢給弟弟，自己的錢不夠了，準備再存錢。她的語氣平靜，完全沒了兩個月前的興奮。

我問她知不知道有一個詞叫「配得感」。她說知道，就是自己配得上更好的精神和物質。

我說：「對，妳應該有更高的配得感。不是說妳不能幫助家人，而是妳靠自己一個人走了那麼多年，走了那麼遠，終於走到了這裡，妳所擁有的一切都是妳自己一天一天數著日子爭取來的。

「家裡的冰箱是妳加班兩個月換來的。那個熱帶魚魚缸是妳兼職幫人做設計換來的。妳的檯燈是妳定了鬧鐘，雙十一搶到的。妳家裡每一件物品，都是更好的妳爭取而來的。妳的大平層也應該是。

「只有妳讓自己變得更好了，才有心情和底氣去對抗外界，讓自己變得更強大。如果妳的弟弟沒有妳這個姊姊，他會買這麼大的婚房嗎？就算買不了新房，買二手房不可以嗎？重點是，妳壓抑了自己的配得感，只是為了滿足其他人。為什麼三十多歲的單身女性不能住大平層？大平層很有用，它是妳對抗家庭的底氣，是妳能養活自己的證明。」

她昨天傳訊息給我說，她和家人談完了。她先買自己的房，等半年後，再接濟弟弟。她說自己好像憋悶了兩個月，現在終於長舒了一口氣。

每個人都一樣。你必須有高配得感。你必須知道你能走到今天，能擁有此刻的一切，都是靠自己獲得的。你有資格擁有能力範圍內最好的，你也能去享受能力範圍內最好的。你這樣做不是奢侈，而是讓自己通往更豐盛的自己的那條路。

總之，你必須知道自己配得上你此刻擁有的一切。

希望你很好。

為了你，我想擁抱所有人

叫了一輛計程車，我到旅館門口的時候，司機大哥已經站在車旁邊微笑著等我了。那種微笑有點用力，很顯然是想讓乘客感受到他的熱情。

大哥看見我提了一個大箱子，立刻要幫我抬進後車廂，我說：「不用，謝謝，我可以。」剛上車，司機大哥又問我：「要不要喝水？我的車上有水。」我說：「不用不用，謝謝，我剛喝完才下樓。」

我很詫異，偷偷看了一下軟體，我叫的就是計程車啊，並不是專車。在我的印象裡，只有專車才會提供搬運行李和送礦泉水的服務。

這邊想著，司機又問我：「冷氣溫度合適嗎？有想要放的音樂，可以自己放。」這下我忍不住了，就問他：「司機大哥，問您個問題，不要覺得冒犯啊，就是您這車是輛計程車，為什麼會有這麼多服務？我很少見到計程車司機提供這麼熱情的服務，有，但很少。」

司機大哥壯壯的，一直面帶笑容，聽完我這個問題，他略帶青澀的笑臉突然就變得成熟了，一種由內而外的喜悅綻放在臉上，好像在說：「啊，我的熱情被你發現了，好開心啊，你還問了我這個問題，很想立刻就告訴你啊。」

然後大哥說了一個我覺得應該被寫成文章的故事。

他說：「我女兒在上幼稚園，突然有一天我覺得她特別乖，也不知道怎麼了，就好像變了一個人。後來她才偷偷的告訴我，她的老師說讓孩子們偷偷幫家長做好事，在心裡收集家裡人說的一百個謝謝。

「我每次說完謝謝，她都很開心，然後我就和她約好了，我出車的時候也要去收集一百個謝謝。

「然後果然，你已經跟我說了快十個謝謝了。」

他的坦然和真誠就像一支箭，直直扎中了我。

他說：「不得不說，真是滿好的，以前我出車覺得特別累，現在做的事雖多了，但心情好了很多。你是第二個問我這個問題的人，我覺得很有成就感。」

我對他說：「您真是一個很好的爸爸啊，用實際行動來表達對女兒最踏實的愛。」他嘿嘿一笑：「我覺得是她改變了我。」

下了車，寫這篇文章的時候，我覺得他並不只是做了一個好爸爸，他最厲害的地方在於敢為了某個人，打開內心，擁抱所有，嘗試去做自己力所能及的一切事情。

你去擁抱，自然會收穫溫暖。

樂呵呵的活在這個世界上，不會比想像中更難。

他很好，希望我們還能再相見

阿良傳訊息給我說他考上了老家的大專，要去讀書了，謝謝我的照顧。

我說：「太棒了！前程似錦，希望以後能一直聽到你的好消息。」

傳完訊息，不知道今後是否能與阿良再相見。

我和阿良的相識很簡單，我叫了快遞上門收包裹，兩次都是他。

他說：「哥，以後如果急的話，直接傳訊息給我就好，你放電井裡我自己去拿。」

阿良的快遞工作服總是很乾淨，戴一副眼鏡，文質彬彬。

一次換季，我準備把不穿的衣物打包寄回湖南，家裡袋子不夠，我傳了一則訊息給阿良：「阿良，麻煩抽空幫我拿一些裝包裹的大塑膠袋放電井。我要打包衣服，大概一小時弄完，你有空直接從電井裡取了裝箱寄走就好。」

他說：「沒問題，哥。」

之後，阿良傳了一張照片給我，說包裹已經打包完畢寄出，電井裡還給我留了一些大袋子，他說下次就可以直接打包，不用因為沒袋子著急了。

回到家，我看見電井裡一疊整齊的打包袋時，有點感動，覺得阿良真是個勤勉努力的人。

後來，每次他來取打包的衣物時，都會有默契的給我留好下一次的打包袋。我和他漸漸熟悉起來，再在社區裡遇見，我都會遠遠的對他大喊一聲：「你好啊。」

然後他立刻會看向我，特別開心的咧嘴一笑，揮揮手：「哥，早！」

我沒和阿良聊過更多的天，也沒問過他是哪裡人，多大，為什麼會來我們社區做快遞。我偶爾會在他來取包裹的時候，給他留一盒月餅、一罐茶葉什麼的，說：「朋友送我的，多了，祝你節日快樂。」他就會傳個訊息或表情給我：「謝謝哥。」

我和阿良的關係是這個世界上最常見的關係，每日擦肩，打個照面，主動的問候會令彼此心生暖意，但我們並不了解彼此的人生，只覺得每天見到這個人是理所當然的。可這種人和人的關係，更常見的部分是，當一個人突然消失了時，我們可能都很難察覺到，只是某一天突然看到某個場景才會意識到——好像有個人不見了。

後來，社區的快遞換成了一個熱情洋溢的小胖哥。我再一次打包讓他上門取包裹時，忘記提醒他帶多餘的袋子來，正懊惱著，沒想到，小胖哥也帶了一疊打包袋來，看我不解，他說：「阿良走的時候特意交代的。」

阿良走了之後，我更了解他了。

我想，一個人心裡總需要有一些對他而言重要的事，這些重要的事可能很小，只是一個習慣、一句話；也可能很大，需要花很多年才能做成。但這些或大或小的重要事，能讓一個人不沉下去，不隨波逐流，不讓別人扭頭就忘了自己。

敬阿良。願在家鄉長歌有和，獨行有燈。

他為我渾濁的生活裡投了一塊明礬

結束訂單一小時後，取貨的司機又給我打來電話。

我猶豫了一會兒，接了，司機說：「能不能麻煩你來小區門口一趟？」

我問怎麼了，他也支支吾吾說不清楚，就是希望我能再去門口一趟。

我晚上叫車取貨的時候，這位師傅就認不清北京的路，不知道我定位的社區在哪裡。

他在電話裡用不知道哪裡的方言說自己剛剛來北京一週，還不熟悉，希望我諒解。

因為需要搬運的東西太多，我選擇了師傅幫忙搬運的服務，多交了幾十塊錢的搬運費。

但師傅遲遲找不到社區，我就只能請朋友幫我把物品用推車一起推到了社區門口。

等了一會兒，貨車才到，師傅年紀五十多歲，下車的時候頭上都急得冒了汗，連連道歉。

我說沒事，到目的地後還需要他幫忙把物品送到家，他連說沒問題。

到了我家社區的地下室，貨車太高，下不了地下室，我又只能從保安室借了一輛拖車，自己把物品拖了回去。

結束訂單時，師傅很慌張，覺得沒能幫到我，他說他也不知道如何修改訂單，想把搬運費退給我。

我說沒事，錢也不多，但北京大，認路複雜，希望他能快點把路記熟才能在北京待下去。

他站在地下室入口連連道謝，我希望他不會因為今晚的挫敗而喪失對北京的想像。

但沒想到一個小時後，他又打電話來讓我去社區門口。

我說無論你要找我幹麼，都不必了。

他在電話裡一直說「你來麼，你來麼……」，語氣在執著中又帶著一絲懇求意味。

我想了想還是下樓了。他的車停在社區門口，打著雙黃燈。

他看我下來，就直接走過來，遞給我一個箱子。

我一看，是一箱牛奶。

我不解，他說他開車回去的路上心裡不安穩，覺得沒有幫到我，浪費了我下的單，所以就去路邊買了一箱牛奶，希望我一定要收下，不然晚上他睡不著。

我整個人僵在那兒，不知道該說什麼。

說謝謝，很奇怪。

說沒必要，辜負了一片真心。

說沒想到，貶低了善良。

說什麼都代表不了我心裡的五味雜陳，師傅的普通話不標準，臨走時還特意對我說了句「謝謝您」。

師傅走了之後，我一直在想，如何形容這位師傅？

不占便宜？似乎太看低他了。不卑不亢？似乎也過於跳脫。

回家想了許久，終於想到了一個詞——澄澈。

一個澄澈的人天生就能讓人產生同理心，一個澄澈的人同樣能輕易就映出世間渾濁。

寫完這件小事，感覺它給我的水中投下了一小塊明礬，沉澱了一些什麼。

希望於你也一樣。

好的愛都藏在細節裡

前兩個月乘高鐵，我依照習慣坐在右邊靠窗的位置。

第二站上來兩個年輕人，看起來是情侶。

女孩是我旁邊的位置，男孩的位置並排在過道另一邊。

坐下來時，看見我坐在那兒，他倆對視了一眼，兩人都笑了。

我猜他倆可能是希望這個座位沒人，就能坐一起了。

我就徑直問女孩：「你倆要不要坐一起？」

女孩立刻不好意思了，和男孩快速對視後，回過頭帶著一點點欣喜問：「可以嗎？」

沒什麼不可以，把一對情侶拆散，我感覺自己心理壓力更大。於是我就跟男孩換了座位。

他倆有點意思。坐下來後，男孩拿出電腦準備做ＰＰＴ，女孩從書包裡掏出一本還沒看完的書。然後男孩很自然的又從書包裡拿出一個小袋子，拉開拉鍊，拿出兩副有線耳機和一根一分為二的轉接線！

他把轉接線插在手機上，將其中一副耳機遞給女孩。

女孩對男孩說：「那就從頭聽起，不准卡歌。」

男孩說：「如果聽到好聽的歌我可以申請重播嗎？」

真的要了我的老命。這樣的轉接線，我也買過，也想著如果有機會，和喜歡的人在旅途中聽同一張專輯。這條轉接線現在還放在我的書桌裡。

一路上他倆都很安靜，各做各的事情。

偶爾，兩人會突然停下手中的事，對視一眼，很迅速的一笑，男孩主動去握女孩的手，捏一捏又放下。

我注意到好幾次，卻又不明白緣由。

直到我在自己聽的歌裡，聽到了一句很喜歡的歌詞——「能暫時懷念某種老朋友，不過未能共用一葉舟，彼此都處身洪流，如何掙扎沉浮」。我突然想到了一位朋友，於是想把這首歌傳給對方。

那一刻我突然明白了，小情侶一定是因為聽到了歌曲裡某句很應景的詞。我猜想也許是：「我才懶得給你解藥，反正你就愛來這一套。」他倆想到了彼此的日常。

可能是：「沒有得你的允許，我都會愛下去……」。

或許是：「這世界上所有的答案，都不如我愛你三個字更值得滿分……」。

又或者是：「為了擁抱那一個人，笑著哭著擁抱了整個班……」。

總之，在那句歌詞出來之前，男孩女孩都在各自的世界裡，歌詞一出來，兩人不約而同又進入了同一個世界，想起了交往中的細節，偷偷看對方一眼，證明彼此還愛著。

特別細的舉動，特別快的眼神確認，沒有黏膩，沒有熱烈，男孩女孩像天平兩端微微晃動的砝碼，很輕，也很安心。

我們一同在北京下車，到站時，他倆異口同聲對我說了聲「謝謝」。

看他倆牽手遠去的樣子，我覺得從這樣一小段旅程，就能看出他們能走很遠很遠。

突然很想談戀愛

那晚在ＫＴＶ門口等朋友。

臺階上坐了一對小情侶，兩人正在吵架。我刻意站遠了一些，怕他們覺得我想偷聽。

可小情侶的聲音實在太大，完全不在意旁人眼色，我就只能聽完全程……。

女孩說：「你生日的時候，我找了四、五個朋友每天幫我搶號碼牌，幫你搶到了一雙球鞋。但今天我生日，你連包廂都沒有預訂，說到了現場一定會有，現在呢？」

男孩也很委屈：「以前十二點都有空位的，我本來想著到了就有空位，我就跟妳說生日這天運氣真好，討個好彩頭。」

過了一會兒女孩又說：「今天我生日，我的每個朋友都有事，本來就只有我們兩個過生日，為什麼你還要來唱歌？」女孩說著都帶哭腔了。

男孩說：「妳不是很喜歡唱歌嗎？我想今天就咱倆，也沒有朋友會搶妳的麥克風了，我也不唱，妳可以唱個夠，唱個通宵。」

女孩又說：「那我們就在這裡等嗎？要等到什麼時候？還有幾分鐘我就過生日了，我就坐在臺階上過生日嗎？」

男孩說：「不是滿有意思的嗎？以後妳都會記得這一天的。」

真的很會一本正經的胡說八道啊！我忍不住朝男孩的方向看了一眼，男孩看起來並不油膩，還滿穩重老實的。

女孩生氣了，站起來就要走，男孩拉住她，從身邊的手提袋裡拿出一個紙杯蛋糕，迅速點上蠟燭。

女孩很尷尬，吹也不是，不吹也不是。我真的很好奇，我倒要看看這個男孩到底要把這件事情做到什麼程度。

他讓女朋友趕快閉眼許願，不要錯過十二點。

他倆對視一眼，男孩表情特別認真，女孩突然就笑了，湊近他許願。

我的心突然被狠狠戳到，小年輕的愛情真好啊，簡單又真摯，不會在一堆雞毛蒜皮裡翻來覆去。

我還沒從感慨中走出來，突然一擁而上七、八個年輕人，端著一個大蛋糕，把小情侶圍在中間，大聲喊：「生日快樂！」女孩一睜眼很震驚，我也很震驚。男孩還是一副很老實的模樣：「妳看，朋友都來了，包廂剛才經理告訴我也有了，臺階上的生日也過了，我們唱歌去吧。」女孩哭起來，朋友們紛紛擁抱她。男孩說：「本來她都做好了準備，打算一個人唱個通宵，現在你們都來了，又要搶她的麥克風了，她難受是真的，讓她哭吧。」女孩捶了男孩兩下。

我……突然就很想談戀愛了！

我們支離破碎的樣子格外明媚

我每天固定的習慣就是打開電腦寫當天的日記。

或長或短，寫的都是當天讓我印象最深刻的幾件事。

寫的時候也沒想過潤色什麼的，寫得誠不誠實比寫得好不好更重要。

畢竟，日記只是我給自己的人生做一點記錄，以後老了，看到一個數字，能提醒我那個日子都發生了什麼。

沒想到，這本書的編輯突然問我：「你不是有寫日記的習慣嗎？」

我說：「嗯。」

她說：「看看麼，整本書如果能加上你一段時間的日記就好了，格外真實。不是文字上的真實，而是你的生活原本的樣子。每天困擾你的事情，以及你糾結的心態，不需要得出一個結論，只需要一個狀態。」

編輯和我一樣是雙魚座，我很快就被她說服了，然後打開了自己的日記檔，看了一些，邊看邊想：我支離破碎的樣子在深夜看起來，真是格外明媚。

二〇二三年一月二十八日

上個月我弟問我關於人生的意見，我仔細給了他建議，讓他和幾個朋友都聊聊，看看能不能一起合作完成些什麼。他說好，回去就考慮寫一個可行性計畫。他回去了兩週，沒動靜。我問他寫了嗎，他說他還沒理清楚，打算再想一想。那就想吧。時間很快過去了一個月，仍然毫無動靜。

他的兩個朋友都來問我，這個弟弟是不是不想和他們合作？如果不想合作就直接說，不然他們一直等著；還是說聊天的過程中他們讓他不舒服了？我說我也不知道。

我心裡也不舒服，我覺得這個弟弟可能覺得我的建議很糟糕。但就這麼等了快兩個月，我實在受不了了，就問他到底做不做。他終於回我了，他說他不知道該怎麼做，也沒什麼信心，所以就一直拖著沒寫。

我很氣啊，我跟他說，現在這個年頭，沒有人有義務對任何人負責，因為大家都過得很辛苦！能給你建議，能一直等你，就是最大的善意。你不能利用完別人的善意，就不反饋了，拖延症比自我否定更可怕。自我否定頂多是腦子想了一圈，找不到信心，然後拒絕做某件事。但拖延症不僅讓自己陷入焦慮的泥沼，還會讓周圍的人被連累。

如果不是這篇日記，我都忘記這個弟弟做過這件不可靠的事情了。他消失一段時間後告訴我，他決定去幫一個風景區經營他們的自媒體。又消失一段時間後，他告訴我他在做電子貨幣。我翻了一下我和他的對話，最後我們的聊天停留在我告訴他：「無論做什麼，你願意花足夠多的時間去研究，就行；不是投機，就好。」他說：「好的！」

二〇二三年四月十四日

讀書有什麼用？我得承認，當我進入社會之後，我幾乎不記得我讀過的書到底給我留下了什麼，我大概知道書上寫了什麼事，也記得我喜歡的書給我帶來的閱讀的愉悅，但要說我學到了什麼，恐怕還真沒有。

可我回想更年輕的時候，我是記得的，我記得作者如何去描寫一朵花，描寫陽光灑在臉上的感受，描寫一個人是如何無助。我的感官是被文字的描繪給打開的，也許一整本書我只記住了一句話，然而這句話卻能讓我在面對很多事物時，都有了新的濾鏡和觀賞角度。讀書和交朋友很像吧，很多朋友已經不聯繫了，但回想起來，每個人似乎都教會了我什麼。

我記得很多年前一個早已不聯繫的朋友對我說：「無論是誰幫助過你，都要說一聲謝謝。」雖然真的是個很小的建議，但這幾十年我一直這麼做。假使一個人面對世界，最初只能看到黑白默劇，當讀到一本喜歡的書時，它能幫你增添聲音，能幫你調上色彩，能幫你聚焦到某一個人，能幫你成為這個世界上少有的共情者。這大概就是讀書的意義。

為什麼我的日記要寫那麼嚴肅的議題，可能是過幾天就是世界讀書日了，然後有讀者問了我這個問題吧……。

二〇二三年五月八日

看白先勇的《上海童年》，提及了「大世界遊樂場」。想起爸爸在上海進修的那兩年，我對上海大世界最有印象。除了哈哈鏡，就是電子遊戲，緊握著代幣，玩不好、生疏、緊張。那種感覺伴隨了此後幾十年的人生。

他在文章裡又提到了油畫家顧福生，我就去網路上搜尋他的畫作，啊，原來是這樣的啊。

好像和我想的差不多，整個畫風都感覺很壓抑，但因為我也不懂畫，所以看起來就感覺應該很厲害的樣子。

關掉網頁，繼續看書。

看村上春樹寫他聽過的那些歌，我也會一邊看書，一邊搜索音樂來聽，聽一會兒就關掉。啊，原來是這樣的，也沒有覺得特別厲害。

反而是看一些日本的散文合集，裡面偶爾提到的一些樂隊，覺得太好聽了。比如 KIRINJI、Merengue，就都很不錯。

白先勇因為犀牛角粉曾治癒過「摯友」王國祥的疾病，他說後來近距離看犀牛也覺得親切。

中國作家遲子建筆下的劉建國因為父親在楊樹下被折磨致死，以至於後來劉建國看見楊樹都遠遠避開。

所有的花裡，我覺得曇花最親切，因為童年的很多夜晚，全家人都在外公的指揮下，圍坐在曇花旁邊等待花開。

二〇二三年七月七日

爸爸抱回一隻土狗，我和他大吵了一架。

這隻小狗待在家裡已經十天了，爸爸說過幾天就會有人接走，但養著養著又動了感情，總是拖時間。

令人煩躁的是，他白天上班，晚上和朋友聚會，小狗就獨自坐在走廊上，臭烘烘的，照顧牠的就變成了我媽。

我打電話跟他說，既然要養狗，就要自己負責，要定時遛狗、要牽狗繩、要給狗戴嘴套、要撿狗屎，如果他不負責，那就送給別人養。他說他養狗是因為無聊，如果我有孩子了，他就可以不用養狗了。

我一下就爆炸了，他養不養狗，和我有沒有孩子有什麼關係呢？他真的是莫名其妙。

就算我有孩子了，我也不會讓他帶啊。

為什麼很多問題，聊著聊著就能聊到子女的孝道上，我真的很無語。

可能是當天晚上我打電話的時機不對，他喝了一點酒，所以說著說著就吵起來了。第二天，我媽愉快的告訴我，爸爸一早起床就把狗送走了。大概他也意識到了拿狗與我生不生小孩來做對比，十分不合適吧。

二〇二三年七月十九日

我常會突然去研究一個朋友或一個熟人的東西，然後覺得這個人真的很棒，很想合作。但又想到這些年做一些事情的艱辛，覺得對方也許比我順利很多，應該不會浪費那麼多時間來做這件事，然後就沒有然後了。

過了好些年，大家熟起來，聊到這幾年沒能合作有點可惜，我就會躊躇半天說出幾年前自己的心思，對方就會說：「我可以啊，這些年我也沒幹什麼，都在原地打轉。」

因為害怕連累人，擔心對方沒有耐心，自己就做了一些決定。

多年後，一個朋友說起我們當年的情誼，我似乎不夠熱情，甚至可以說冷漠。我便翻出新書裡寫的一段——我對自己喜歡的人莫名嚴肅，越喜歡越嚴肅，導致對方誤以為我這樣是因為討厭。

拍了照，傳了過去。

其實就是因為喜歡而已。

但也不覺得遺憾，正因為有了那種敏感和謹慎，所以很多事情才得以留下最合適的回憶。

二〇二三年十二月二十七日

我永遠會記得自己大三、大四時的一種感受——雖然窮得什麼都沒有，口袋裡沒錢、未來無望、身後沒背景，哪怕死在租屋處裡，也不一定有朋友會在自己的「保鮮期」裡找自己，哪怕在這樣的時刻，我都對今後充滿了信心。

今天的我仍喜歡那時的自己。

一張被風吹得發青的臉，連做個喜悅的表情都夠嗆，但心裡那股熱情，隔著回憶都能感覺到。

那時的我，比起「未來」這個詞，更喜歡「今後」。

「未來」聽起來太遠，而「今後」代表的是從今往後的每一天。
從今往後的每一天，我不會坐以待斃。
從今往後的每一天，我都會改變。
從今往後的每一天，哪怕什麼都不做，腦子也一定不能停止思考。

感覺這一天的我，受到了什麼刺激，或許也察覺到自己前段時間的倦怠了。中年男子在日記裡喊出熱血口號，也真是夠熱血的啊。

二〇二四年一月四日
寫作本質上不是文字的輸出，而是自己與生活碰撞之後的輸出。
你主動去做任何事，激發出的任何感受，記錄下來都算寫作的一種。
如果能從文字裡走出一條思考路徑，能預知自己面對不同事物的態度，這樣的紀錄則能幫你思考很多未知問題。

二〇二四年一月十三日

發現自己很久不想與人爭論了，不是因為寬容了，而是覺察到自己水準不夠，很清楚的知道自己無法一句話將對方擊斃，也清楚的知道繼續爭論下去，雙方難有輸贏，乾脆不爭。

你有憂鬱傾向嗎？

手機裡跳出這個彈出視窗，點擊後，需要回答六十個問題。

想了想，決定回答。

問題各色，有些問題回答的時候印象深刻——那也是我每天在問自己的。

比如：

現在的不快樂你覺得是因為性格造成的嗎？

你對未來是否常感覺沒有希望？

你是否會思考造成現在不快樂的原因是什麼？

你是否覺得生存沒有價值？

你是否覺得自己沒有魅力？

你有任何讓自己感興趣的事情嗎？

做完六十道題，提交。

系統說，需要我交二十九．九元才能看到答案。

如果我有憂鬱症，這下我會更憂鬱吧……。

我在答題的過程中，一直在思考這些問題，其實很多問題早已有了答案，於是點擊了離開。

系統立刻給了我一個可折抵十元的優惠券，要我別走。

我被系統徹底弄憂鬱了……。

說回憂鬱測試的問題。

我常會冷不防的對朋友說：「我覺得我現在情緒不佳，但不知道是什麼原因，你能幫我分析一下嗎？」

我不太會在朋友面前掩飾自己真實的情緒，因為我深知，靠自己一個人是很難找到根源的，不是因為我不行，而是因為人都會欺騙自己。

而朋友，則會站在旁觀者的角度，問你很多刁鑽又不得不面對的問題。

去年很長一段時間，我情緒低落。

我同樣問了朋友，朋友說：「你經常回父母家了；掏出手機拍攝你們在一起的影片的次數多了；和父母聊天的時候內容更放肆了，是不是覺得他們老了？」

那一瞬，我被擊中了。

我長大了，父母也老了。

那種不得不面對現實的情緒，揮之不去。

之前任何事情都有年輕的父母頂著，可以恣意做自由如風的少年；而現在，自己也要站出來成為擋風的人了。

意識到這個心態後，唯一要做的事便是接受現實，去做此刻一切自己認為正確的事。

不要無休止的沉淪、嘆氣、逃避，時間和機會都是在無法面對時溜走的。

就像我有時也覺得自己做人失敗透了，朋友就會說：「同啊，你最大的優點就是細心。任何朋友拜託你的事，你只要答應了，就會一直留心，一直關心，直到事情結束。這一點，你比任何人都做得好啊。」

那一刻，我就知道我對他們有多重要。

聽我的，如果感覺到不舒服的時候，找個信得過的朋友，坐下來，相互把心攤開，把許久未見光的祕密，拿出來晾晒。

不然不開心的事積壓久了，自己就真信了，就真憂鬱了。
你把我當樹洞，也可以。
說出來，最要緊。

我過去兩年真的很喪氣，然後錄了好多影片，寫了好多文章，分享自己是如何和壞情緒對抗的。然而最近，同事把我以前錄製的影片更新到了帳號上。我重新看那些影片時，覺得自己好陌生，但我也能看出那時的自己在用那樣的方式向外界散發信號，我在用那樣的方式給自己勉勵。

說實話，我現在看著那時的自己有些羞恥，為什麼就能這樣去表達自己的痛苦和難過呢？但我更清楚的是，我能看到自己的自救。我允許自己從一朵浪花變成被礁石拍碎的水花，但我不允許自己隨波逐流，立刻被沖進下水道。

我撕開自己的困擾，把它攤開，一點一點釐清楚交織在一起的部分，那些黏連結節、血肉模糊的地方往日被保護得太好，更應該被陽光晒晒。

雖然此刻的我為一年前的我略微感到尷尬，但我很感謝那時的我毫無保留的表達了自己，讓我完完整整的認清了自己——做一個不欺騙自己的人是我去年最大的收穫。

而我也想對各位說：「如果你覺得吃力，先不必對抗，就算被雨淋溼，被風刮倒也沒關係。等一切過去，塵埃落定，你拍拍身上的灰塵再站起來，一定能跑得比現在更為輕鬆。」

二〇二四年一月十五日

都是陽光裡飄浮的塵埃——

朋友的酒吧要換個地址重新開業，正式營業前，大家先開了一桌。

都是北漂，像陽光中飄浮的塵埃那樣，突然彼此看見，就成了朋友。

這些年，見過不同的社交圈一聚一散，再聚再散。

但又有什麼關係呢？

異鄉漂泊，互相尋求慰藉，沒人知道未來能走到哪裡，起碼現在能在一起。

檢驗泰餐的三大標準——

小象約我和默默年前聚一下。

他扔出了一堆餐廳。

我選擇了一家叫「為人民服務」的泰國菜餐廳。

這家泰國菜餐廳是我十幾年前剛到北京時，朋友帶我去的。

印象裡東西好吃，但感覺貴。

也有過那種念頭——總有一天我不會再覺得它貴。

說起來，我對泰國菜的理解都出這一家而來。

酸辣生蝦、冬蔭功湯、蝦醬空心菜，是檢驗一家泰餐的標準。

就像辣椒小炒肉於湘菜館，辣子雞於川菜館，長島冰茶於清吧，夜間經濟於一座城市一樣。

二〇二四年二月十七日

看到一段話，是姜文說馮小剛的，也不知道是不是真的，反正內容看起來滿像那麼回事的。

他說馮小剛應該把葡萄釀成酒再端上來，不要總是打成葡萄汁就端出來。說的是人要會醞釀、要長期主義、要沉澱。

上午看到這段話的時候，我覺得滿有道理的，但寫的時候我又反問自己：馮小剛會釀葡萄酒嗎？如果他只會榨葡萄汁呢？難道榨葡萄汁就比釀葡萄酒差嗎？雖然好的葡萄酒賣得很貴，但是我更喜歡喝好喝的葡萄汁啊。所以能不能榨出好喝的葡萄汁比會不會釀葡萄酒更重要，不是嗎？

當然囉，我討論的這些也和我無關，因為我覺得自己現在釀葡萄酒不行，榨葡萄汁好像也不行。

但以前好像是可以的。

我以前能快速做好很多事，也能潛伏很長時間做一件事，為什麼現在就亂得不行呢？是因為以前對自己很有自信心？後來做了兩次之後，都不如所願，覺得自己是不是不行了？然後就失去信心，覺得自己做不好事情了嗎？

如果自己真的做不好事情了，那我又該做什麼呢？重新做管理？回公司做按部就班的事？很多事情只要不靠創作而靠性格，我是每天都能解決問題的。創作是一個長期的過程，我似乎很久沒有體會到因為創作而被認可的感覺了。

因為我的創作很長一段時間沒有得到認可，所以我現在對自己很不滿意，只能靠和別人比較去找存在感。如果我的創作有了新的成績，我就可以完全不在意很多事情。本來這些事情也都存在，但是因為我自己透過心理暗示能夠忽視它們，所以它們就可以不存在。

每個人的心情都是由自己控制的，我現在之所以控制不住自己的心情，完全是因為我沒有給自己一個合理的解釋和藉口。

我需要在創作上找到成就感，才能在面對很多問題時泰然自若。

這一次的劇本寫得不錯，但還沒開拍，也不知道票房。

我知道不必再期待，不然又會經歷一次慘痛的跌倒，我只要好好的把劇本寫出來就好了。新書也是，感覺寫得不錯，但好像又缺了一些什麼。大概是我此刻這種糾結、這種反覆、這種很不加修飾的表達，在幫自己釐清什麼，這種摸索和跌跌撞撞也讓我覺得安全可靠。

我在三十歲之前也鮮有成功，沒有世俗意義上所謂成功的作品。沒有一本暢銷書，沒有做過什麼有名的電影，沒有上節目被人認識，在自媒體上也沒什麼粉絲，但為什麼三十歲之前的我反而比現在活得快樂呢？

我活得快樂嗎？這是一個問題。到底是因為現在不快樂，而覺得以前可能快樂，還是因為以前也很不快樂，但是被我遺忘了呢？如果讓我選擇人生的話，是選我三十歲的人生，還是選我四十二歲的人生呢？我當然選現在的人生。

現在的我過得多好啊，努力又勤勞，健身有效果，和父母關係相處得不錯，養的寵物很聽話，人生規畫也一清二楚，有自己的房子，有自己的積蓄，想花錢也能花，想做什麼公司也支持，我現在的人生幾乎沒有什麼不好的。三十歲的我，什麼都在擔心，是不是因為擔心的太多了，所以就沒有什麼擔心顯得尤其重要了。

三十歲時我有特別不喜歡的競爭者嗎？的確是有的，我現在腦子裡能浮現出幾個。

那時我會因為他們的存在而心情很糟糕嗎？想到的時候會，但時常想不到，想不到的原因是工作太忙了，要做的事情太多了，根本就沒有辦法一直去想。但後來，這些人好像都消失了，說白了就是被行業淘汰了。

但我還在，還在努力工作，然後又出現了一些很厲害的競爭者，而且很近。所以我要做的是什麼呢？就是去做更多的事，少拿自己和別人比較，在各種事情中去獲得成就感，然後沒準某件事情給了我自信，我自己一下又能振作起來了。

每週必須看書，看了書每週四認真分享一本書為我帶來的所有感受，就說書，別的都不說了，自己分心也做不好。

然後等看完了書，可以寫一篇讀書心得，發表在社群平臺上，週四推薦書什麼的。

每天必須寫日記，絕對必須百分之百不能忘記這件事，因為所有的感覺才是最重要的，而不是文筆。這幾年我已經吃到苦頭了。

和幾位編劇多開幾個案子，和大家一起解決一些難題。方向先確定，解決起來就不難了，之前出了一些方向性的錯誤，以後避免再犯這種錯誤。

不要和任何人比較，不要和任何人比較，以前沒比，那些人都消失了，現在比了，感覺自己要消失了。

雖然這篇日記寫得很亂，但是寫完之後，我覺得自己的思路被釐清了，知道了癥結在哪裡。

只要和別人比，就是一個錯誤，無論是好的還是壞的，只要比就是錯誤。

應該關注自己是不是變得更好了，是不是做完了今天要做的事情，以平常心對待任何事情。

我必須把自己的心態糾正過來，不要和任何人比！

一比就失望！一比就變慫！我過得很好！其實很多人羨慕我！

寫這篇日記的時候明顯情緒低落，但寫著寫著就感覺自己的情緒振奮了，這就是寫日記的好處啊。

二〇二四年二月十八日

前兩天，也不知道什麼原因突然想查一下自己的電信方案。發現多年沒變的方案雖然自動續約打了五折，但依然比聯通的新方案貴出不少，於是氣沖沖的問客服原因。心裡知道白紙黑字怪自己不仔細，卻覺得用聯通十幾年了，天天收到聯通簡訊說我是尊貴的五星級用戶，為何讓我用的方案卻是最不划算的。

那種真心錯付的感覺一浮現，就開始悶悶不樂起來。

不想自己去換更便宜的方案，也不想聽他們更好的挽留方式（據說去吵架威脅他們說要換電信商是可以的），我直接拿了身分證攜碼轉到了中國移動。

辦好的那一刻，有一種和相處多年卻發現對自己並不真心的朋友絕交了一樣的爽感。

於是把這個過程記錄下來發了一篇貼文，得到了不少人的共鳴。

我擔心大家覺得我是對聯通感到氣憤，號召轉到移動，特意在結尾寫了不針對聯通，而是反對各大電信商都對老用戶不用心，只顧著花大錢和精力去招攬新用戶。

有網友留言道破天機：「因為老用戶是存量，不是工作考核的範圍，而新用戶是增量，關乎業績。所以老用戶在各大電信商看來並沒有那麼珍貴。」

還有網友總結得很好：「就跟在公司上班一樣，老闆寧願花大錢去聘請新員工，也不願意花錢為老員工加薪。老員工被控制住了。」

本來只是想提醒一下和我一樣忽視電信方案的網友，沒想到第二天這篇文章上了熱搜。

寫完文章的我，心情還只是舒爽而已。文章上了熱搜的我，突然覺得自己有點價值。

這就是昨天日記裡寫的——如果我寫的一些什麼，能讓大家覺得有意義，我就覺得自己好像還有存在感。

存在感越來越弱，感覺就算自己消失了，也不會有人在乎和記得。

這句話寫下來沒有什麼問題，問題是——為什麼我又突然在意起別人是否在乎和記得我呢？

以前我不被人認識的時候，從來沒有這種困擾，為何現在我有了呢？

其實不是害怕別人不記得我，而是害怕周圍的人覺得「我被淘汰了」？

就好像很多人並不害怕去嘗試做很多事，也不害怕失敗，卻會害怕周圍的人覺得「你看，他失敗了」。

周圍人的眼光，才是真正讓人覺得如坐針氈的原因？好像是這麼回事。

如果讓我活在一個自己喜歡的環境裡，每天做著自己的事情，每天都有成就感，哪怕從頭開始，慢慢靠一項技能重新被世界認識，其實也是一件很有意思的事情。但一旦清醒了，就會立刻想「那周圍的人會怎麼看我？」

原來「周圍的人會怎麼看我」才是讓我無法隨心所欲的很重要的原因啊。

昨天寫了「只要不和人比較，就不會焦慮」。

等一切風平浪靜

今天又來了一句：只要不在意別人怎麼看自己，就會活得很自在。

說起來，「別人」真不是一個好東西，又不能比，又不能在意，聽起來出家和避世就是一個好選擇。

那「別人」的好處總是有的吧？

我仔細想了想，「別人」曾經鼓勵過我，讓我堅持做了不少事情。

「別人」對我的認可，讓我覺得自己寫的東西是有意義的。

「別人」在過很好的生活，讓我心生嚮往，也想成為那樣的人。

那為何突然「別人」從善面一下變成了惡面？

不應該是他們的原因，而應該是我的原因。

我把人數眾多的「別人」縮減成了自己眼裡的「少數幾個人」。

我總想和自己眼裡的這幾個人比較，我總在意某幾個人的眼光，就算我真的贏過了這幾個人，讓這幾個人滿意了，那我的人生中是不是又會出現新的別人？

所以別人並不是敵人，我自己總是想去證明自己才是敵人。

一旦我不再想去證明自己，就不會陷入以上的困境，但我可以盡可能投入的去做好自己的事情。一來自己充實，二來一旦做得還不錯，老天自有獎勵，但與證明自己無關。

為什麼「證明自己」在我這兒又占很大的比重呢？真是一個枷鎖套一個枷鎖，累都累死了。

小時候證明自己實則是因為太多人對我不抱期待，語言貶低，而我那時也確實資質平平，只是有一顆不想被繼續羞辱的心，好在我的成長跟上了我的尊嚴，慢慢用一些事情證明了我還算是為人處世都俐落的人，得到了一些肯定。其實到這兒，我已經完成了證明自己的任務，畢竟我只要考上了大學，找到了工作，養活了自己，就足以證明「劉同一輩子沒出息」這句話是錯的。

我還偏偏替自己加了戲，非要讓那些人覺得自己看走了眼……。

這一步一步走下來，我好像演戲上癮了一般，如果不能持續下去，就感覺自己改寫了劇本。可如果按照一部好看的電影的標準來衡量，如果持續努力的話，主人公和觀眾都應該毫無興趣了吧，這時主人公必須出點意外，要進入人生低谷，然後悟出一些與之前不同的東西才對。

「證明自己」只是小時候為自己寫的勵志劇本罷了，長大了、落幕了就應該演相應年紀的劇本了，比如活出自我，每天開心才對麼。

沒有人的劇本是可以演一輩子的，我們總要為長大的自己考慮。做孝順的子女，做有擔當的兄長，做飛出山窩的金鳳凰……這些都是最初的設定，不能伴隨我們一生。如果我們做到了，就應該讓自己那一齣的人生落幕了，開啟新的篇章才對麼。

我覺得就是這樣的。

二〇二四年二月二十九日

去年一時興起，在網路上買了一條八百多元的紅色真絲領帶。收到之後發現自己駕馭不了，就一直放在櫃子裡。

這兩天，突然覺得應該把這些買了又用不上的東西掛在閑魚上賣掉。賣多少錢好呢？

為了盡快出手，不想再放在那影響心情——每看到一次，就覺得自己很傻——就選了個自己的生日數字，二二七。

基本是兩折多一點，也寫明了，不議價，拉扯的過程會令人心情不好。

我想，如果真有喜歡它的人應該會覺得價格非常不錯，幾乎就是白給了！

很快就有人來詢問，我拍了照片給對方，對方很喜歡。

對方說自己很有誠意，價錢能不能再少一點，把二十七元去掉，兩百元他就買了。

我說就是兩百二十七元，不殺價了。

對方又說：「你想想麼。」

我看著這條留言，很認真的想了想，覺得兩百元賣掉，不如送給朋友算了，起碼還算是個不錯的禮物。

這麼一想，就直接把領帶下架了。

過了兩天，這個網友問我：「賣掉了嗎？」

我說我害怕殺價，本來只是想省點心的，但一來二去，我覺得這條領帶不值得我那麼費心費力，不如直接送給朋友，心情還好些。

對方說：「那就兩百二十七元賣給我吧。」

我滿臉問號，在閑魚賣個東西怎麼那麼累？

我覺得自己的性格太不適合閑魚了，我根本經受不起任何拉扯。

以後東西還是送人吧。

寫在出版之前：

其實滿多日記顯得我滿不成熟的，但這些已經是比較得體的部分了。如果有一天能毫無顧忌的展示其他日記，完全不在意別人怎麼想，應該很有趣吧。整個世界是一個巨大的「草臺班子」，我是成員，別人也是；我傻，別人也好不到哪裡去。

但無論未來怎樣，寫日記這件事情可真是有趣。是吧。

自語

感覺人生這一路走來，總有人在我行進的路上撒了些種子、栽了些花、種了些樹。所以我也總能在很迷茫的時候聞到遠處的花香，在烈日暴晒的時刻有一處陰涼得以棲息。

我知道自己已經走了很遠的路，也知道自己這一路走來有多辛苦，但如果沒有那些暫時的停留、陌生的溫暖，恐怕我早就被自己拋棄在了半路。

每每想起這些，就覺得自己很幸運，遇見過很溫暖的陌生人，所以也常告誡自己，希望自己也能成為一位很溫暖的陌生人。

第六章

月明星稀

明亮的月光下，你如星星般的心事也藏了起來。
你內心的月光越是澄澈，你回家的路就越明晰。
你低頭疾步行走，無須再抬頭找天邊那顆啟明星。
你平淡的說出一切，就好像一切都沒有發生過一樣。

記憶銀河裡的星星點點

六十六樓的酒吧

二十多歲時，朋友帶我去了剛開業沒多久的「北京亮」酒吧，那是銀泰中心的六十六樓。需要從一樓大廳搭乘電梯到六十五樓，然後再從樓梯步行到達六十六樓。

我記得第一次去的時候，北京正值秋天，天氣好得很，四周是落地玻璃，整個北京城一覽無餘。

我很緊張的問朋友：「消費很貴吧？」

朋友低聲告訴我：「我們就一人一杯雞尾酒，給他坐到打烊！」

賞景最佳的地點都是有最低消費的卡座，朋友和我坐在吧檯區，吧檯的大理石檯面散發出淡淡的金黃色螢光，那是大城市給每個人織出的鑲了金邊的夢。

其他客人打扮入時，談吐優雅，彷彿早已知道自己也是酒吧風景的一部分，只有我和朋友是到此一遊的客人。

朋友問我：「你覺得在大城市立足是種什麼感覺？」

我指了指幾乎訂滿的卡座：「如果有一天，我能來這個酒吧，隨意開兩瓶酒，也不問價格，大概就算是在這個城市立足了吧？」

朋友哈哈一笑，舉著杯子：「祝你早日在北京立足。」

我為了表示自己的決心，便大大的喝了一口手中的琴通寧。

朋友立刻制止我：「喝慢一點，晚一點還有免費的爵士樂隊，我們要靠這一杯酒再熬幾個小時呢。」

現在想起這些對話，我依然覺得快樂。

沒有錢的日子雖然拘謹，但偶爾站在遊樂場的大型遊樂設施旁，看別人忽高忽低的盡興玩樂，自己也能從他們的身上、臉上感受到別樣的情緒。

每次經過國貿ＣＢＤ（中心商務區），看見銀泰中心時，我心裡總會閃過一個念頭：自己到底何時能去那個叫「北京亮」的酒吧毫不心疼的消費一次？

只是過了很多年，直到今天，我都沒有毫不心疼的去消費過一次。

但特別要好的同學來了北京，我會帶他們去那裡，一人點上一杯調酒，看看風景，聽聽歌，拂拭拂拭快要被北京沙塵蓋住的熱烈自我。

「你現在的生活可以啊，紙醉金迷的。」大學同學說。

「我的生活根本不是這樣，就是帶你來見見世面，看看人家的生活。」

「你想過這樣的生活嗎？」

「完全不想，感覺自己不配。當然我也過不好這樣的生活，每天都會想著什麼時候夢就醒了，這種不踏實的人生還是算了。」

「那你相信我們的人生會越變越好嗎？」他又問。

比起幾年前，我換了一個回答。我說：「我的人生已經越變越好了，只是和這些高消費無關，而是我越來越知道自己的興趣和安全感來自哪裡了。」

「來自哪裡啊？」

我看著他幾近掉光的頭髮，摸了摸自己尚在的秀髮，告訴他：「來自我還有頭髮！你先堅持為自己的頭髮噴上一年的米諾地爾生髮液（Minoxidil），再來問我這個深奧的人生問題。」

「你連自己的頭髮都管理不好，談什麼管理人生呢？」我說。

必勝客

其實必勝客也是。

很長一段時間，我都把必勝客當成犒勞自己的必選餐廳。

如果很在乎某個人，就會約對方去一次必勝客。

我會在自助水果盤上下狠功夫，學其他客人如何疊出十幾層水果塔的效果。

如果朋友被我疊自助水果塔的耐心和層數震驚到，那天我就會很開心。

當然也總是會想，如果能掙到每天都去必勝客消費的錢就好了。

後來慢慢的真的掙到了每天可以去必勝客消費的錢，卻沒時間再去了。

直到有一天再經過必勝客時，進去才發現自助水果塔已經被取消了。

好像有段回憶被塵封在了過去。

二〇〇四年的春天，我和好朋友在長沙五一廣場的必勝客坐了一個晚上，做出了一起北漂的決定。

好想約上他們，再回一次五一廣場的必勝客，再比一次誰的水果塔疊得比較厲害。

不過那時的朋友已經全都散了，間或聽到彼此的消息，頂多感慨兩句也不再有下文。

二十出頭的時候總是為別人的事情操心，覺得誰都不如自己想得明白。人一旦過了三十歲，才能意識到其實自己過得也不如意，擔心自己就足夠消耗體力了。只想遇見一說就懂的朋友，那些說了也不懂的人，看一眼就知道不會再有交集了。

就好像必勝客不再有自助果盤後，看一眼就知道，那裡對自己變得不再有特殊的意義。

隔夜菜

我來北京十八年了，似乎從來沒有融入過。

當初和朋友們買了一張團體票來逛京城，逛到多數人都退場了，我還在十幾年如一日的等四季變幻的風景。

老家的朋友覺得我對北京熟稔的程度是能準確說出四環內每一個紅綠燈

路口。我倒是也能閉著眼繪出那張地圖，我覺得自己就像《美國心玫瑰情》（*American Beauty*）中一直在空中飛舞的垃圾袋，在北京的空中打著轉，憑著自己的輕和一口氣，總有辦法不掉在地上。

我熟悉這裡的東西南北風，風裡的溫度，溫度裡的塵土。

那不是很有歸屬感嗎？

其實風和塵土，和我一樣是過客。

這裡沒有任何一家餐廳能夠讓人念念不忘，他們甚至都撐不過三、五年就關店了。

這裡也沒有任何面熟的服務生能在一家餐廳待上個大半年，能在我進店時說一句：「您來了。」

理髮師每兩年都要告別一次，朋友每三、五年就要換一批，租的房子也在各個房東的抱歉下隔三差五的換著地址。

好多新認識的朋友拖著自己的行李箱從城南到城北，抱著自己的夢從城東到城西，去順義去昌平，去燕郊去大興，地鐵延展到哪裡，他們就搬去哪裡，只要能節省幾百塊的房租，好像一切都沒關係。我和他們的關係也隨著他們在北京居住地的改變而若即若離。

每個人每天都要花幾個小時在上班和談事的路上，總覺得終有一天會有一個結果。那種細微的等待像沙漏一般，從第一天北漂就開始倒數計時，又會在決定離開北京時將這些微小的希望重置，拱手送人。

有時會和朋友聊起北京和上海的區別。朋友說：「北京是土，上海是 too much。」

這種破諧音梗愣是讓大家爆笑起來。

笑著，我突然意識到了北京對我的意義——正因為北京的存在，才讓我如此懷念家鄉，珍惜回憶裡的那些閃光點。

這座我融不進去的城市，用它的方式讓我變成了一個念舊的人。

「孩子，你還是回家吧，你可以住在我這兒，但你的心可以先寄回家鄉。」作為房東的北京很客氣的說。

這座城不偽裝也不討好，它把冰箱裡的隔夜菜端到你面前，說：「想吃你可以自己熱。」

於是你懷念家鄉隨叫隨到的母親，懷念餐廳熱氣騰騰的米飯，懷念圍著你轉的小狗，懷念去鄰居家吃過的飯。

「可你為什麼還在北京呢？」有人問。

我想，我總要學會為自己熱隔夜菜吧。

習慣

有幾首歌，是我在特定心情下一定會重複聽的。

只要聽到，腦子裡的水龍頭就被打開，敲擊鍵盤，文字可以流去任何地方。比如我剛聽到歌手陳冠蒨的〈留一點愛〉，於是放下書，拿出了電腦打下這些文字。我突然發現自己似乎從來就沒有仔細看過這首歌的歌詞，只是覺得歌曲的旋律節奏和歌手演唱時的狀態特別有趣。

如果給我一個機會做歌手，我大概會唱這樣的歌吧。

我曾把這首歌很隆重的翻出來和朋友們分享，他們不太能理解我的偏愛從何而來。

換作二十出頭的我可能會失落，覺得為何自己喜歡的東西別人不懂，但三十多歲的我毫不失落，反而覺得自己的喜歡可真是太獨特了。我還有那麼偏執的欣賞，而在這偏執的欣賞裡我還能獲得那麼大的快樂，我就感覺活著賺到了。

安妮寶貝又出新書了。雖然她早已改名叫慶山了，但她改名和我似乎沒什麼關係，我依然叫她安妮寶貝。不知道是不是哪位高僧建議她改名，又或是她想和過去的自己斷捨離，但每次看她微博的名字叫慶山－安妮寶貝，我就自動轉換成慶山．安妮寶貝。慶山是她的名字，安妮寶貝是她曾經的姓。

她的書讀來讀去，都像在讀同一本書。這不是貶義。

白先勇曾和林懷民聊天時說：「一個作家，一輩子寫了許多書，其實也只在重複自己的兩、三句話，如果能以各種角度，不同的技巧，把這兩、三句話說好，那就沒白寫了。」林懷民問：「你覺得你說出自己的話沒有？」白先勇回答：「沒有，至少還沒說清楚。」

一個人長久寫作，內裡不變是一件多麼值得慶幸的事情。

我覺得她依然在嘗試用改變文字組合的方式去盡量精準的表達她自己，而在這個過程中，我能體會到作者的這種費力。

她的文字依然自言自語，像是從宇宙某個微小部分截取一枝花插在瓶子裡，這鮮花能活多久彷彿無人在意，那種姿態和陰影就顯得夠有腔調。

她出，我就買，很快就讀完。

朋友問：「她新書寫了什麼？」

我支支吾吾，想了想說：「她是在寫以前的那個我。」

朋友不解：「寫以前的你？」

對，我在看書的時候首先感到開心的是，我依然能從她的文字裡感覺到當年的自己，那種遣詞造句、節奏停頓依然還能讓我覺得似曾相識，就像我千里迢迢回了一趟老家和朋友見面，也像是老朋友千里迢迢從國外回來和我促膝長談了一夜，我們不聊新事，只談舊情，輕易就被淚水洇溼了眼眶。這是幾年一度，我與青春期的自己的聚會。

《鐵達尼號》

電影剛上映時，學校召集所有人看過一次，那時覺得長，中途睡著了，看不懂其中百繞千迴的情感。但周圍人都說看到哭、好看、震撼，我覺得自己發育遲緩，無法理解世上很多情緒。

高中畢業後我又試著自己看了一次，依然感受不到它的獨特，看了一半就放棄了。

後來我的工作從光線的電視部門轉調到了電影部門，需要大量惡補電影知識，於是又看了一遍。第一次感覺到驚訝和震撼。之後幾年我又看了好幾次，每一次都被新的細節打動，為新的視角唏噓。

第一次看懂《鐵達尼號》，是看了一對年輕男女蕩氣迴腸的愛情。

後來再看，從第一秒就當成了一場傑克命中註定的赴死之旅。

蘿絲跟著傑克在甲板上吐口水，最初看我的反應是跟著大笑，前幾個月看我卻變成了感嘆，感嘆這樣的愛情真好。

船要下沉了，樂隊一直在用音樂撫慰人心。小時候看，只覺得樂師們盡忠職守滿從一而終的。長大了再看，才發現是他們對音樂的信仰打敗了他們對死亡的恐懼。

一開始只是把一些情節當成了情節，後來才能看出情節裡隱藏的善意。傑克第一次參加晚宴，沒有合適的禮服，暴發戶夫人把自己兒子的禮服借給了傑克。

光是這個行為，就讓我感動了很久。

史鐵生曾經寫：「我常以為是醜女造就了美人。我常以為是愚氓舉出了智者。我常以為是懦夫襯照了英雄，以為是眾生度化了佛祖。」

我才猛然發現恰恰是年輕時我的愚鈍、幼稚、遲緩理解外界的能力造就了此刻那麼多的精彩。

理解每一種動人的情感都需要一把鑰匙，我慶幸的是這些年，這一路，我搜集了許多鑰匙，雖然我已很難一一對應每把鑰匙的來處，但我知道如果沒有那些經歷，我整個人是乾癟又麻木的。遇到一部好電影，閱讀一本好書，和對的人相談甚歡，放任自己大哭一場，眼淚能讓自己從一條鹹魚恢復成鮮活的樣子。《三體》脫水的人類需要靠一場大雨來復活，我只需要一場眼淚便可以。

我真了不起。

好奇心

我一直以為自己最愜意的時刻是獨自待著的時刻，但經歷了很多次獨處的時光後，我要更正一下之前的說法——一個人待著很重要，你身處的環境附近沒有任何可以交流的人更重要。

一旦你腦子裡能閃現出幾個能理解你的人，你在潛意識裡便會思考如何與他們溝通，如何表達能清晰又準確的翻譯出自己的內心。

如果這樣的人不存在，你就不會產生想要被理解的欲望。

人有多脆弱呢？一旦有人釋放出能理解你的跡象，你就變得急需被理解。

人有多冷漠呢？一旦你覺得自己本該寂寥，就沒有任何人的任何舉動能影響到你的情緒。

人有多自由呢？一旦你能跟隨心意晃蕩，你就能透過這個世界的任意訊息連接去往任何地方。

因為出版社寄來的需要閱讀的新書太多，於是專程騰出了一晚的時間收拾書房，清理舊書。

有些書送朋友，有些書帶去公司，還有些書值得占用永久的位置，常看常新，除了書新，閱讀的人也是新的。

突然就翻到了一本《在漫長的旅途中》，白色的封面，從來就沒有打開過。

翻了幾頁發現是一本移居阿拉斯加的生活札記。作者文筆很細膩，中文翻譯得也恰到好處。那種感覺就像看見了一杯茶，喝了一口，沒想到溫度適中，沒想到濃度也在可接受的範圍內，放下茶杯，舌尖的餘味卻湧了上來，於是再度端起茶杯。

作者叫星野道夫，是一位世界級攝影師。上網想多查一些相關的資料，卻發現作者四十四歲在拍攝外景時被棕熊攻擊不幸離世。

帶著異樣的心情開始閱讀作者生前的文字，他在一篇文章中提到了自己八十歲的朋友想在離世前去一個人跡罕至的湖，提到了阿拉斯加的季節是如何更替，動物又是如何遷徙的。

文字構築出我能想像的所有空間，但真實的場景又與我的想像相似嗎？

我放下手中的書，開始在網路上搜尋阿拉斯加相關的圖片，真的就如同我想像的一般。

有些圖片定格的一瞬間就是它最好的樣子，但有些圖片的色彩和元素流動起來會更美。

於是我又開始搜索關於阿拉斯加的紀錄片，找到了《最後的阿拉斯加原住民》（*The Last Alaskans*）——這是一部講述最後一批阿拉斯加居民的紀錄片，這一批居民離世之後，這個面積一千九百萬英畝（約七．七萬平方公里）的北極國家野生動物保護區就不再允許任何人居住和打擾了。

明明是在清理書櫃的，然後發現了一本沒看過的書，覺得不錯就坐在地板上看起來，從文字尋向圖片，從圖片尋向影片。我跟著自己的心意一點一點朝遠方靠近。

碎石灘上的棕熊足跡，過冬必須燻製的麋鹿肉，將馬達搬上小船，將小船變成小艇，小艇劃破寧靜清澈的河面、劃破四季的交替、劃破一個人人生中的六十年，蕩起的水面泛起縠皺，這是大自然對過往時間的緩緩消解，時間溶進水裡，消失不見。

一對老夫妻居住在大雪紛飛的阿拉斯加，我一個人居住在北京的四環邊上。

那天下班後，我打開電視，北京的四環邊便少了一個人，我去阿拉斯加「住」了一晚，帶著涼意醒來，趕往公司的晨會。老夫妻說他們要去獵熊，我們告別，約好了改日再見。

一個人，突然被耳機裡的陌生聲音和旋律吸引。

然後點擊看歌手的簡介，突然有了興趣，翻出那首歌所在的整張專輯。

若是又誘發出了某種久違的情緒，那晚便會推掉所有的相約，專心致志去了解一位歌手，看看是否能夠和對方成為不錯的好友。

歌曲的MV，影片網站上他的訪談，每首歌下的評論，自媒體上他的動態……我穿梭在每一個有他身影的地點，我的好奇為他淬鍊出一公分厚的鎧甲，畢竟多一人喜歡就為他多添一分抵禦外界的力量。

看《心靈捕手》（*Good Will Hunting*），靈魂被一段話徹底撼動：「你只是個孩子，你根本不曉得你在說什麼。所以，問你藝術，你可能會提出藝術書籍中的粗淺論調。有關米開朗基羅，你知道很多，他的滿腔政治熱情，與教皇相交莫逆，耽於性愛，你對他很清楚吧？但你連西斯汀禮拜堂（Cappella Sistina）的氣味也不知道吧？你沒試過站在那，昂首眺望天花板上的名畫吧？肯定未見過吧？如果我問關於女人的事，你大可以向我如數家珍的述說，你可能上過幾次床，但你沒法說出在女人身旁醒來時，那份內心真正的喜悅。你年輕剽悍，我如果和你談論戰爭，你會向我大拋莎士比亞（Shakespeare），朗誦『共赴戰場，親愛的朋友』，但你從未親臨戰陣，未試過把摯友的頭擁入懷裡，看著他吸著最後一口氣，凝望著你，向你求助。我問你何為愛情，你可能只會吟風弄月，但你未試過全情投入真心傾倒，四目交投時彼此了解對方的心，好比上帝安排天使下凡只獻給你，把你從地獄深淵拯救出來，而對她百般關懷的感受你也從未試過，你從未試過對她的深情款款矢志廝守，明知她患了絕症也在所不惜，你從未嘗試過痛失摯愛的感受……」重複看這段臺詞很多次，這不就是年輕又不自知的自己？

因為這段話，去查閱了導演葛斯·范桑（Gus Van Sant）的生平。後來又陸續看完了他的《心靈訪客》（*Finding Forrester*）、《大象》（*Elephant*）、《男人的一半還是男人》（*My Own Private Idaho*）、《自由大道》（*Milk*）……。

好奇心就像是《莫斯科紳士》（*A Gentleman in Moscow*）中那把萬能鑰匙，能打開大都會飯店所有房間的門。沒有人會阻攔你，只要你行為得體，靜靜的欣賞，你能潛入任何人的世界裡，並完成和他們的隔空擊掌，你能找到這個世界上真正理解你的人。

或許就像你此刻在讀我的文字，可能會產生的那種感受。

蹺蹺板

以前寫過一句話：「年輕最大的好處就是輸得起，什麼都可以試試。」那時是真的年輕，秉承著這句話為自己做了很多重大的決定。

選擇北漂，選擇進入光線傳媒，選擇跳槽去待遇更好的公司，之後又選擇降低待遇重新回到光線。

選擇在工作中不站隊。

選擇相信現在的出版人，沒有一紙合約，已經合作了十幾年。

選擇幫朋友，把全部的積蓄拿出來投資，最後打了水漂。

選擇不去擁抱更有誘惑的機會，以至於在原地停留了很久。

當年一起出發的人有很多，做出不同選擇的人也有很多，很多人都覺得人生的每個選擇都是個蹺蹺板，和命運較量，賭上前途。一旦選對了，人生從此就能從下墜變為上升，將頹勢扭轉為順境。

回望自己過去十年、二十年前做出的那些選擇，我才發現人生的抉擇並不是走向一個蹺蹺板那麼簡單，它更像是你拿到了不同科屬的種子，你需要為它匹配上足夠合適的溼度、光照、溫度，給予它足夠多的耐心，它才能為你呈現出新的生命。

大樹有大樹的風光，但擠在原始森林裡，一旦被其他樹木遮蔽陽光，無法進行光合作用，也會夭折。

苔蘚有苔蘚的低調，但慢慢的也能在大地上連綿成一片新綠。

你站得高，可以知道遠方的風景。我貼緊地面，知道土地的脈搏。只要各自都堅持自己的選擇，就能按自己獨有的方式活著。

身邊的朋友們每天都被選擇困擾著，考了公務員的被一成不變和一勞永逸困擾著，分手的被前途和不甘困擾著，離婚的被自由和財產困擾著，轉行的被工資和空間困擾著，遠行的被家鄉和未知困擾著，沒有想法的則被網路的各種意見困擾著。

你做任何選擇其實都行，只要你願意為其付出更多的時間，總會活出自己想要的樣子。

奇怪的人

我約了 David 下週見面，他是和我走得最近，最聊得來的，出生在六〇年代的朋友。他從公關公司光榮退休之後，便做起了直播帶貨。我看了幾場，效果一般，他常因為說錯話被系統強制下線。重新開播後，他一臉尷尬，對著線上十幾個人解釋前因後果。

我看得出他對新挑戰很有興趣，也看得出他對自己目前的直播狀態感到有些難堪。

所以我期待聽他說個中的感受，他總是能把一件看起來簡單的事情拆分得很細，而聽眾也能從細節中了解到某件事情更多的本質。

他新認識一個〇〇後朋友，最喜歡穿一件二十元的冒牌香奈兒T恤，他問：「為什麼你喜歡穿一件假的奢侈品？」〇〇後朋友一頭霧水：「什麼假的奢侈品？」他說：「這個 Logo（標識）就是香奈兒啊。」〇〇後朋友說：「我不認識，我就覺得這件T恤品質還不錯，圖案也好看，就買了。」

我聽他說這些，覺得有趣極了。

他去大學做講座，本來是分享行業經驗的，說著說著就和同學們普及起兩性知識。他說大家一開始很害羞，後來會主動問很多問題，他很困惑，說好像對這些方面，大家只能在網路上看，從沒有人和他們聊過這些。

David 喜歡旅行，喜歡對各個國家的路人說：「你好，我可以幫你拍一張照片嗎？」

拍了照片，就可以聊天，聊了天就可以喝酒成為朋友。

他總說：「天下沒有陌生人。」我笑稱：「拒絕你的人多了去了，只是不拒絕你的人更多！」他說：「確實，主要是我不害怕丟臉。」

有朋友知道我和 David 蠻熟的，就常問我：「一個『看起來每天都很閒的世界級公關公司的董事長』到底是如何保持思考的，又是怎樣去了解年輕人在想什麼的？」

這個問題我也問過他，他哈哈一笑，毫不掩飾的分享他有一個群組，全是他在各地認識的「九五後」、「〇〇後」，好幾百人，裡面的人互相都不大認識，每當他有什麼事情想了解更多不同年輕人的想法時，就會在群組裡提問。

問題包括又不侷限於：你們認識某某某藝人嗎？這個品牌大家認識嗎？大家

聽過一部即將上映的電影嗎？

大多數人都會發表自己的看法，然後他再發個紅包讓大家熱鬧一下。他說建這個群組蠻開心的，相當於擁有了一個特別厲害的智囊團，不是因為他們的意見有多專業，而是他們的意見才是鮮活真實的感受，這種真實的感受比空洞的資料更重要。

理學大師馬一浮曾寫過：「已識乾坤大，猶憐草木青。」意思是即便一個人經歷了世事沉浮，閱盡了人間滄桑，當俯下身來看到草木生發、春回大地時，依然能夠生出喜悅之情。如果用另一句俗語來表達則是「知世故而不世故，歷圓滑而彌天真」。

小宇宙

一天晚上，我在社群平臺上刷到了一則觀點很負面的訊息，裡面提及了我某個朋友。

我和這個朋友並不那麼熟悉，但是我很喜歡他，這麼多年來他做事一直很專注，表現也相當出色，我很擔心這樣的言論會對他造成影響，於是我打開通訊軟體，傳了訊息給對方。打了一些字又刪，最後只傳了一則：「打了一些字又刪掉了，我只是突然看到關於×××的一個貼文，也許你會看到，我很想告訴你，你現在真好，在我的角度看來，你做得相當令人欽佩，希望你不會被網路上這些言論所影響。」

他回覆我，其中一句是：「謝謝哥，我突然對自己又有了信心。」

我知道我的行為在一些人看來很突兀，但我覺得有必要這麼做。其實我也時常收到一些朋友突然傳來長長的訊息，有些是看到我的文章後覺得我可能跌入了低谷，於是開導我；有些是因為看我錄製的影片裡狀態很好，特地說一句：「我覺得你現在的樣子很棒啊。」

我從來不覺得自己被冒犯，有人願意主動和我說起這些，不僅代表我被他們放在心上，也代表了他們是真的覺得我不錯，他們希望看到我快快樂樂的樣子。

你無意發出的信號，突然在夜裡收到了外太空傳來的回覆，你便知道了在這個宇宙中並不是只有你一個人。

做決定

弟弟在一個三本院校考研究所，考到了四百多分，很不錯，但是英語只有五十多分，上不了理想的重點大學，要麼被分發到一個普通大學，要麼為英語再戰一年。

他問我的意見，我說你選哪個都行，只要你不是過了兩、三個月就突然後悔，覺得自己不該做這個選擇就行。他埋怨我對他太隨意了，不負責。

我問他去買衣服的時候，每一次都會去試衣間試穿嗎？還是有時放在胸前，比一比，大體合適就買了？他說都有。

我說：「那不就好了，你對你自己和那件衣服毫無把握的時候，就要拿著衣服去試衣間。如果你知道自己可以穿，也覺得那件衣服好看，就會直接買單。

「以你的成績，專攻一年英語，肯定能考上，只是你會擔心又多浪費了一年，害怕萬一還是不行。你要克服的是你恐懼的心理。

「以你的成績，分發到一個普通大學也肯定沒問題，但你人生中第一次考得那麼高，證明你是有機會去讀重點大學的，一旦你進了學校碰到任何不如你所願的事情，你都會產生動搖，覺得自己應該再考一次。你要克服的是你的欲望。

「如果你的欲望占了上風，那就選擇為自己拚一把。

「如果你的恐懼占了上風，那就穩住，讓自己平穩過渡。」

這又回到了最初寫到的人生的選擇上，無論你做了任何選擇，都要相信自己做出的決定是當下最好的決定，這樣才能全身心去面對和解決由此引發的一連串問題。

破局

和我弟玩《俄羅斯方塊》，他總是飛快結束遊戲，而我總能死撐很久。

他問：「到底是怎麼回事？」

我說：「你的方塊到處亂放，從來不給自己留一些空間。」

他：「我留了啊，但總不來合適的。」

我：「你才留了幾輪啊？兩、三輪沒有合適的磚塊，你就把那個空間填上了。這遊戲的規則是，你留的空間越多，消除的層數也會越多，獎勵的分數也越多。」

他：「你說的我明白，那我到底要怎麼玩呢？」

我：「給自己留更多空間，給自己更多耐心，來了合適的磚塊就填進去。」

這是很多年前我和我弟的一段對話。

為什麼突然又想起來了呢？因為最近我被好些人問：「我該怎麼突破自己的人生，破個局呢？我覺得自己已經迷糊很久了。」

我問：「在你過去的人生當中，曾經堅持過的最久的事情是什麼？吃飯睡覺不算。」

對方一般很難脫口而出，我就舉例，比如我自己養狗養了十六年，寫作寫了二十多年，在一家公司待了近二十年，運動健身了十年，這些都算是某種堅持。

甚至我說完之後，也有人不明白這個堅持與人生破局的關係。所以我就拿出了關於《俄羅斯方塊》的對話來解釋——「人生中任何一種堅持都是在給自己的人生留一些自己的空間，不被外來的東西侵占。一旦堅持得足夠久，留出的空間足夠多，當某個機會到了時，你的人生自然就開始有起色了」。

「那這和養狗有什麼關係？」

「以前我下班之後總是去和朋友聚會，一直到半夜才回家。後來我養了狗之後，為了及時遛牠，我只能下班就回家，不僅省了聚會的費用，還節省了很多時間，自己可以寫東西、看東西。因為養了狗，我的夜生活也被戒斷了，我自然比之前的自己充實得多。」

對方依舊似懂非懂。

「人生中的任何堅持，久了就一定會有某種效果，水滴石穿也好，種子發芽也好，都需要持續去做，才能看到質變。如果你心急如焚，什麼都在嘗試，嘗試幾次之後又放棄，哪裡好就撲向哪裡，你本身是沒有任何機會表現出色的。公司提拔一個人不僅要看能力，能力是需要經驗和時間累積的，更要看一個人的人品和忠誠度，人品和忠誠度更要靠時間去證明。大眾要接納一個人，也不是靠這個人一、兩次的爆紅，而是這個人的過去經得起深挖，之後經得起毒打，說白了就是真正的功夫都下在別人沒有注意到你的時候。

「算了，你給我一個地址，我送你一個《俄羅斯方塊》掌上機。」

世界的鼓風機一關，一切就都自然落在地上

某個沒有察覺的瞬間，我開始對人與人之間深厚的友情感到索然無味。

以前看見有人街頭喝得半醉，卻用半醒的理智高喊「我們永遠會在一起」時，我都會熱淚盈眶，羨慕得要命，很想把自己灌醉加入他們。

現在再看見類似的情形，會笑·笑，只覺得年輕真好。

年輕的熱忱大概就是鍋爐裡的煤炭，熊熊燃燒直到餘燼微溫，再被一整車的倒掉。

熱忱的品質是類似的，體積是類似的，唯一不同的是，你被清理之前，是否完全將自己燃燒？

我總以為我從中學時代的諂媚型人格變成了今天的孤獨型人格，完全是因為我學會了獨處，知道如何去打發和利用一個人的時間，也能享受和沉浸在一個人的時間裡。我也總以為現在的我不喜歡和朋友過於親密，是因為害怕「與最好的

朋友絕交」的情形再度上演。

在翻閱《未經刪節》（*Stet*）這本書時，作者從自己進入出版行業之初開始回憶，我也就將自己進入媒體行業的經歷從箱底翻了出來，逐一對比。

我突然意識到，我現在之所以害怕在人與人的關係上投入情感，完全是因為我在工作中不斷的失去造成的。

從大學實習開始到今天，這二十幾年裡，嚴格來說，我換過五批工作夥伴。我運氣很好，每一批夥伴都曾讓我熱淚盈眶，每一批夥伴現在回想起來，依然讓我興致勃勃，就算大家再相聚，也能聊個幾天幾夜。只是，大家很難再聚，也不會再想聊起過去。

只有一個人對未來看不透，又充滿樂觀的時候，才會把注意力的焦點放在過去有趣的事情上。隨著年歲增長，每個人都擔心著自己的未來，覺得未來不會更好，心裡滿是悲觀。

涉世未深的年輕人是後輪驅動的車輛，車頭隨便往哪個方向，後輪只管高速運轉。

歷經風雨的中年人是內燃機驅動的火車頭，身後拖著不知道多少節車廂，氣喘吁吁的駛過冰雪山川。

這也就註定了成年人和成年人的相遇，只會在交錯的那一刻鳴笛，以示祝福和懷念，然後各自奔向遠方。

我的熱情又是如何消耗殆盡的呢？

大三時，我投簡歷加入了湖南臺的總編室實習，負責臺裡的一本內刊。這是我加入的第一支團隊，我的工作就是向電視臺各個頻道的各個節目組約稿和催稿。電話裡，電視人客套又冷漠，就算口頭說考慮考慮的事情，再打電話就不接了。於是我只能跑去對方的節目錄製現場，等他們錄製完畢，再過去介紹自己的身分，以及工作的內容。電視人任性和直接，指著凌亂與忙碌的現場，說自己壓根就沒有時間寫任何相關的稿件。我就說，能不能我跟著你們待幾天，然後我寫，寫完了你們審核？

就這樣，我很快和節目組的人打成一片。

實習生裡，我完成工作的速度總是很快，總編室的老師也很好奇為什麼我就能按時讓節目組交稿，幾乎沒有拖延過，我說都是我寫的。然後老師就讓我去幫助其他實習生的工作，大家都叫我「同哥」。

罷了。

那是我第一次獲得這種尊重，也很享受這聲「同哥」，大家有無法搞定的事情，只要告訴我，我都會想方設法去解決，大不了就是熬個夜，多寫一篇文章罷了。

我即將畢業，總編室的老師約我聊天，很遺憾的說：「總編室沒有招聘的名額，不然我們肯定會把你留下來。」

這是我待過的第一個團隊，每次我從學校坐一個多小時公車去臺裡都很興奮，絲毫不覺得累。我也很失落，大家相處得很好，我也很努力的工作，不管過程多麼令人懷念，但結局早就寫好了。

這裡只是我和其他實習生短暫的一處交會點，最終我們會分別，四散他方。

如果能一直待在一個安全的團隊裡就好了。

畢業後我很幸運，恰逢其他頻道招聘，我考了進去，先後經歷了兩個頻道的兩個節目組。

兩個節目組的製作人對我都很好，他們都願意把麻煩事交給我處理，雖然我並沒有經驗，但我喜歡別人對我的那種莫名其妙的信任感。所以很多事，哪怕最後做得不夠優秀，但我在過程中盡力了，也會讓整個團隊知道「劉同這小子，還滿拚的」。

我很喜歡我正式入行的第一個團隊。很多前輩在工作中對我的態度都很刻薄，覺得我怎麼這也不懂，那也不對，我很喜歡他們對我的挑剔，因為他們在各自的職位上都做得很出色。我們每晚六點半直播，一旦發現我的工作完成不了，要開天窗了，他們就會罵罵咧咧的過來幫我，讓我的節目能趕上直播。我說「謝謝」，他們又害羞又佯裝生氣的說：「不要謝不要謝，你趕快把你自己的事情做好，不要給我們添亂。」

典型的刀子嘴豆腐心的湖南媒體人。

家裡人問我工作順心嗎，我說蠻好的，很想在這裡待一輩子啊。

我離開第一個團隊也很突然。某天做節目時，我站在機房，突然摸到自己的後腦勺有兩大塊涼涼的，才發現自己斑禿了。第二天我就買了一些藥，並沒有當回事，繼續熬夜加班，樂此不疲。直到我發現自己左邊的眉毛也開始脫落，上網一查，查到張仲景說王粲有病不治，落眉而亡，後來果真如此。我嚇壞了，提交了辭呈，我對製作人說：「我怕自己會死。」

製作人看著我很無言。

我回去休息了幾個月，順便考了一下研究所，如預想中的一樣，失敗了。以前的工作崗位早已有人頂替了。我心想乾脆換一個環境工作，也換一種工作方式，於是加入了另一個頻道的節目組。

這裡與之前的節目組氣氛完全不同，之前的節目組每個人都是Ｅ人（外向型人格），性格大大咧咧，說話極其直接，人人都顯得有江湖義氣。而新的節目組大家都是Ｉ人（內向型人格），說話小聲，辦公室安靜，大家各做各的，你有什麼問題的話，每個人也會認真幫你解決，解決完畢，你還來不及說一聲謝謝，他們就已經坐回到自己的電腦前，不再搭理你。

這是一個慢熱的群體，我不需要像以前那樣和每個人主動問好，我只要認真把自己的事情做好就行。這是一個很有規矩的團隊，大家互相尊重，久而久之，也就形成了默契。

我算是團隊裡年紀最小的，身上帶著第一個團隊培養出來的一絲張揚作風，居然也在團隊裡發揮了不一樣的作用。

但凡需要和其他節目組爭搶選題報導，製作人姐姐都會看向我，一副很為難的樣子，意思是她也不想分配那麼難的任務給我，但好像除了我，其他人都很難去做。

我非常能理解她的心情，也知道如果我拒絕，她肯定也會派其他人去，我不想讓她為難，覺得我應該承擔起節目組「打雜小弟」的角色。

慢慢的，我確實成了節目組的打雜小弟，大家有怪怪的選題都會找我去拍攝，我很開心，覺得自己在團隊裡越來越重要了，於是也產生了一種「如果這裡一直需要我，我就能一直做下去」的念頭。

當時節目主持人還有一個脫口秀的環節，平時都是製作人寫稿，後來她交給我來試寫，那是我第一次接觸脫口秀，這也為之後去北京的工作打下了基礎，不過這是後話。

就在一切都很順利的時候，我和組裡一個前輩發生了爭執。

這個前輩做事總是推脫，就算是他錯了也不承擔責任，我去找製作人評理。

年紀尚輕的我說出了一句：「我不喜歡他，有他沒我，有我沒他。」

就是這句話，把我逼上了一條不能回頭的路。畢竟我是個新人，而那位前輩在團隊中工作了好多年，大家早已有了信任和默契。我非常沒有自知之明的拿自己的一腔熱情去碰撞別人的死心塌地，最終的結果不如我所願。製作人要我忍一忍，我覺得這是對他變相的保護。

大概是那時我在愛情關係裡一直未能得償所願，也印證了一句話——一旦你產生「忍一忍就能解決一件事情」這種念頭的時候，這段關係就開始進入了倒數計時。

所以我不信忍一忍就能海闊天空，果然到後期，這種情緒被我越放越大，我決定換個環境，選擇了北漂。

到了北京，很順利的進入光線，我的工作方式都是湖南媒體人的那一套，就是不太講規矩，覺得怎麼好玩怎麼來，怎麼有趣怎麼來，光線的同事就會斜著眼睛看我，意思是：「你可不可以懂點規矩？」

好在那時湖南電視臺如日中天，只要你說你是湖南臺出來的，大家就會高看你一眼，這種高看你一眼其實就是和你保持一定的距離，看看你到底幾斤幾兩。我在光線工作了半年之後，覺得自己沒有受到重視，立刻就跳槽了，去了另外一個全國性日播的娛樂新聞節目臺。

那年我二十五歲，對方給我的職務是節目主編。

我入職的第一天召集所有人開會，全組二十幾個人，年紀都比我大，開會的時候，還有記者蹲在椅子上抽菸。我能從他們的目光裡看出來，他們眼裡根本就沒有我這個人，甚至我都知道，他們也用這樣的方式把上一任主編趕走了。

這是我待的第三個團隊，是我自己帶的第一個團隊。

在會上，我問了大家幾個問題，發現我要改變制度是沒有任何可能性的。開完會後，我覺得自己在這裡撐不了多久，心想那就盡量熬久一點吧，能多拿一個月工資就多拿一個月吧，不然下個月房租都交不上。

我採用了最愚蠢的方法開始工作。我每天早上九點到公司，等每個記者來和我報選題，然後幫記者列出詳細的採訪提綱和拍攝計畫。等記者陸續拍攝回來，我和每個記者聊他們拍攝到的內容，以及如何寫這條新聞，再交由配音員配音。

記者們在製作新聞時，我就自己開始寫主持人的臺本，然後盯著主持人錄製，告訴他每一則新聞的內容。錄完主持人的部分，我再回來審核每位記者的新聞，交給後期包裝。這一切全部忙完，大都是次日凌晨三、四點。

我租的房子就在公司附近，回家休息幾小時，一早繼續。

這種工作方式讓那些不喜歡我的同事有了很大的安全感，他們知道就算他們沒有任何想法，我也能給他們一份提綱，甚至他們時間不夠的時候，我會幫他們把稿子寫完。

也因為我這樣的工作方式，一下就把長達幾年總是不順暢的工作流程梳理順了，收視率也慢慢提高。後來大家慢慢的熟悉起來，晚上下班後，大家也會等我一起吃個消夜。

一位女記者對我說：「一開始我覺得你就是一個小屁孩，什麼都不懂。現在我覺得如果不是你，我們的節目肯定不會像現在這樣順暢。我在這裡三年了，從來沒有過這種安全感。」

我對他們說：「本來我覺得我待一個月可能就要離開，覺得你們根本就是烏合之眾麼。沒想到你們其實都很認真，也能看到我的認真，所以我很慶幸自己帶領的第一個團隊是你們。」

我把這些細節都記錄了下來，寫的時候，我覺得自己是北漂裡最幸運的人。

雖然團隊團結，但是公司內鬥得厲害，恰好光線的前主管看了我製作的節目，希望我能回去管理另一檔同類型的娛樂新聞節目。我想了想，如果要走得更長久，還是需要在一個更好的環境成長才行。於是我跟同事說：「光線希望我回去，也提供不錯的待遇，大家願意的都可以一起過來。」

然後大家又都在光線聚齊了，度過了一段特別有成就感的日子。

就在這個節目慢慢走上正軌時，公司希望我去做一檔訪談類的節目。我毫無經驗，但公司覺得我沒有問題，那時我也不過二十六歲，想著有機會就試一試。於是我就把娛樂新聞節目交給其他人，讓大家好好幹，不要丟我的臉。我說我也會好好幹的，不會丟他們的臉。

我與這個團隊的感情暫告一個段落，當時並未覺得失落，只是覺得人生路上，能共走一段就很好，能相互看到彼此變得更好就很好，但終歸每個人還是要走上屬於自己的那條路。

後來我做新的日播訪談節目一做就是七年，這個節目的團隊是我帶領過時間最長的，我也和團隊裡所有同事相處成了親人的樣子。我記得有一年的公司年會上，我們拿到了最佳節目的獎項，我說：「我們不是因為這個節目才走在一起，我們是為了要在一起，才做這個節目。」部門所有的同事都在臺上淚流滿面。現在想起那個場景，覺得年輕真好啊，能輕易就相信很多事情。這句話並非嘲諷，而是覺得能全身心投入到一件事情裡是奢侈的，它不僅需要一個人真摯的信念，還需要一群人毫不保留的相互扶持。

那時候我最期待的事情就是年前放假，我坐上綠皮火車回湖南。躺在臥鋪上，我開始給每位同事寄送很長很長的訊息，回想這一年發生的事情，對方讓我印象深刻的細節，是鼓勵也是提醒，是總結也是繼續。我希望這樣的工作能持續一輩子就好了。後來隨著光線整體業務調整，電視節目部關閉了，全體轉向電影製作。

對電影感興趣又願意從頭學習的同事留了下來。想繼續做電視節目的同事選擇離職，去了其他公司。然後大家就散了。

從「想一輩子待在這裡」，到「我想去更遠的地方看看」，再到「不可能所有人的人生目標都是一致的」，人生裡所有盛大的相聚最終都會分崩離析，你唯一能做的就是主動去選擇，而不是被迫被放棄。

擁抱是真的，像家人是真的，想一輩子不離不棄是真的，而世間事絕不會如你所料也是真的。

我現在，不再用以前的方式和任何人相處了。

哪怕我偶爾希望和有些人更親密，偶爾會吃某個朋友的醋，但我不再表現出來，也不想為此去爭取什麼。

你把自己世界裡的鼓風機一關，那些人與事自然全都落在地上，被隨後的大雨沖進下水道。

我要恭喜你，你學會了不再消耗自己過多的情感。我也要擁抱你，告訴你其實這個世界上很多人和你想的一樣。

就讓我們遠遠隔街相望，舉杯示意，慶祝青春的餘燼還殘留著一絲溫暖。

風平浪靜後，一起游往大海深處

這些年我時常會想：人在活著的歲月中，到底是一個怎樣的行進狀態？是更加強大，還是更加無力對抗而隨波逐流？是逐年枯萎，還是懷揣某個念想持續等待某個未知的到來？

年歲的增長並沒有為我帶來更明確的答案，反而是在乎和計較的事情變多之後，內心持續泛起波瀾。如何讓自己心靜呢？我換了很多方法，我笨拙的樣子就像在奔波中盡力去端平一碗水，不讓它灑出來，最後卻弄得滿身水漬。

我花了大量的時間去學習端平一碗水，恨自己反應不夠機敏，平衡感不夠好，總是把水濺滿全身。

全然忘記了只要站定，停住，那水就平靜了。

心無罣礙，便有所得。

放棄所得，就是自在。

其實我也是勇敢過的。現在想起來，二十四歲的我曾經做過一個決定，拯救了我那時幾近垮塌的人生。可惜的是，直到最近我才意識到那時的果敢。

大學畢業後，我以第一名的成績考入湖南電視臺，成為一名電視工作者，獲得了不少讚賞。

但因為大學學的是中文，專業並不符合，所以也就拚上了一切去彌補自己的不足。

將近大半年，我每天的工作時間超過十五個小時，也很快成為能獨當一面的記者。就是在那時，我頭髮出現了多處斑禿，連眉毛也開始脫落，變得稀疏。

我當時的選擇只有兩個：辭職或繼續。

辭職就意味著，我將放棄大學四年透過努力換來的工作，脫離自己建立的人際關係網，要不停的解釋自己辭職的原因……。

而繼續就意味著，我要用自己的健康與前途交換。

這是一個很重要的決定，我沒有告訴家人，辭職就躲在家裡準備考研究所。

一方面是為了恢復自己的睡眠品質和時間，另一方面是不必再出去見任何人，落得清淨。

那幾個月，臥室的窗簾一拉上，一個完整的世界就建立了。像舔舐傷口的小獸，也像是脫殼蟄伏的幼蟲，在那樣的環境裡，沒有利弊，沒有得失，就安安靜靜的看書，背誦，縱使一頭霧水，卻也能刻在心裡。

主管問：「你放棄了現在的工作，就是為了考研究所？萬一考不上呢？」

我說：「我是為了恢復身體才放棄工作的，考研究所只是我打發時間做的事情而已，考不上也沒事，但我總要在這段時間給自己一個目標。」

以前的朋友們來看我，驚訝我怎麼能忍受住在終日沒有陽光的民宅一樓，潮溼且昏暗。

考試發揮得不盡如人意，好在頭髮也在備考的過程中漸漸長回來了。

第二天醒來，心裡空蕩蕩的，立刻爬起來開始寫自己的簡歷，投了出去。

那段時間，遠離人群，疏離關係，兩耳不聞窗外事，也不去想可能會遭遇的失敗。把自己當成一顆雨花石泡在水裡，不僅改良了水質，也讓自己的狀態逐日溫潤起來。

回歸職場後，狂奔十幾年，遇見的煩心事、煩心人不計其數，自己在很大程度上也成為別人眼裡同樣的映襯。一方面和人比誰受的傷更重、吃的虧更多，另一方面和人比誰傷口癒合得更快、身上的疤痕更多。

在書上看過一個說法，說縱使人穿著腳蹼，在海裡也追不上看起來划行遲緩的海龜。

觀察之後才發現，原來海龜游泳的方式完全遵循海水的運動規律。當海浪湧往岸邊，與海龜行進的方向相反時，海龜會浮起來划水，但目的只是讓自己停留在原地。而當海浪向海洋的方向湧起時，牠會加快划水速度，這樣就可以乘著海浪前進了。

《生命咖啡館》（*The Cafe on the Edge of the World*）這本書中寫道：「海龜從不與海浪相爭，而是巧妙利用海浪的力量。我之所以無法追上牠，就是因為我不顧海水的方向，自始至終都在划水。一開始，我還能和海龜並駕齊驅，有時候還得放慢速度等等牠。但是在反方向的海浪中，我越是用力向前游，就越是感到疲憊。」

所以這些年，我越努力越覺得疲憊，外在軀體無力對抗這大風大浪，內在心靈又布滿了太多的藤壺而成為遠行的負擔和累贅。

這不僅是我，也是很多人會進入的人生誤區，總覺得如果自己不對抗浪潮，就會被淹沒，但其實只要用一點點的力量，讓自己還能喘息一口氣就足矣。

不如等浪潮湧往你想去的方向，等一切風平浪靜，當你能看得清楚去路時，再做決定也不遲。

那時再一起游往大海深處。

國家圖書館出版品預行編目（CIP）資料

等一切風平浪靜：別急。這是我此時對你最好的祝福。／劉同著. -- 初版. -- 臺北市：大是文化有限公司，2025.02
352 面；14.8×21 公分. --（Think；291）
ISBN 978-626-7539-81-1（平裝）

855　　　　113018042

Think 291

等一切風平浪靜

別急。這是我此時對你最好的祝福。

作　　者／劉同
責任編輯／陳映融
副 主 編／蕭麗娟
副總編輯／顏惠君
總 編 輯／吳依瑋
發 行 人／徐仲秋
會計部｜主辦會計／許鳳雪、助理／李秀娟
版權部｜經理／郝麗珍、主任／劉宗德
行銷業務部｜業務經理／留婉茹、專員／馬絮盈、助理／連玉
　　　　　　行銷企劃／黃于晴、美術設計／林祐豐
行銷、業務與網路書店總監／林裕安
總 經 理／陳絜吾

出 版 者／大是文化有限公司
臺北市 100 衡陽路 7 號 8 樓
編輯部電話：（02）23757911
購書相關資訊請洽：（02）23757911 分機 122
24小時讀者服務傳真：（02）23756999
讀者服務 E-mail：dscsms28@gmail.com
郵政劃撥帳號：19983366　戶名：大是文化有限公司

香港發行／豐達出版發行有限公司 Rich Publishing & Distribution Ltd
地址：香港柴灣永泰道 70 號柴灣工業城第 2 期 1805 室
Unit 1805, Ph. 2, Chai Wan Ind City, 70 Wing Tai Rd, Chai Wan, Hong Kong
電話：21726513　傳真：21724355
E-mail：cary@subseasy.com.hk

封面設計／林雯瑛
封面攝影／Sunley
內頁排版／顏麟驊
印　　刷／韋懋實業有限公司
出版日期／2025 年 2 月初版
定　　價／新臺幣 450 元（缺頁或裝訂錯誤的書，請寄回更換）
I S B N／978-626-7539-81-1
電子書ISBN／9786267539781（PDF）
9786267539798（EPUB）